Johann Wolfgang Goethe, geboren am 28. August 1749 in Frankfurt am Main, ist am 22. März 1832 in Weimar gestorben.

Als in Weimar 1811 ein Drama von Calderón aufgeführt wurde, schrieb der Theaterleiter Goethe, man habe das nahezu zweihundert Jahre alte Stück des spanischen Klassikers »so frisch wiedergegeben, als wenn es eben aus der Pfanne käme«. Ein wunderbar anschauliches Bild für lebendig gebliebene, wiederverlebendigte Klassik! In diesem Sinne klassisch sind die besten Dichtungen Goethes. Sie bewahren eine so frische Unmittelbarkeit, daß sie sich immer wieder als entspannende Begleiter unseres Lebens anbieten. Danach sind die hier versammelten Gedichte, Sprüche und Erzählungen sowie der »Prolog im Himmel« aus dem »Faust«-Drama ausgewählt. Sie spiegeln im kleinen jenen großen »Kreis der Schöpfung«, den die Dichtung Goethes durchschritten hat.

insel taschenbuch 2675

Goethe für Gestreßte

Goethe für Gestreßte

Ausgewählt von
Walter Hinck

Insel Verlag

2. Auflage 2017

Erste Auflage 2000
insel taschenbuch 2675

Vertrieb durch den Suhrkamp Taschenbuch Verlag
Umschlag nach Entwürfen von Willy Fleckhaus
Satz: Satz-Offizin Hümmer GmbH, Waldbüttelbrunn
Umschlagabbildung: Bavaria
Druck: Druckhaus Nomos, Sinzheim
Printed in Germany
ISBN 978-3-458-34375-2

Am Sein erhalte dich beglückt!:

Gedichte

Lösest meine Seele ganz

An den Mond

Füllest wieder Busch und Tal
Still mit Nebelglanz,
Lösest endlich auch einmal
Meine Seele ganz;

Breitest über mein Gefild
Lindernd deinen Blick,
Wie des Freundes Auge, mild
Über mein Geschick.

Jeden Nachklang fühlt mein Herz
Froh und trüber Zeit,
Wandle zwischen Freud' und Schmerz
In der Einsamkeit.

Fließe, fließe, lieber Fluß,
Nimmer werd' ich froh,
So verrauschte Scherz und Kuß,
Und die Treue so.

Ich besaß es doch einmal,
Was so köstlich ist!

Daß man doch zu seiner Qual
Nimmer es vergißt!

Rausche, Fluß, das Tal entlang,
Ohne Rast und Ruh,
Rausche, flüstre meinem Sang
Melodien zu!

Wenn du in der Winternacht
Wütend überschwillst,
Oder um die Frühlingspracht
Junger Knospen quillst.

Selig wer sich vor der Welt
Ohne Haß verschließt,
Einen Freund am Busen hält,
Und mit dem genießt,

Was von Menschen nicht gewußt,
Oder nicht bedacht,
Durch das Labyrinth der Brust
Wandelt in der Nacht.

Auf dem See

Und frische Nahrung, neues Blut
Saug' ich aus freier Welt;
Wie ist Natur so hold und gut,
Die mich am Busen hält!
Die Welle wieget unsern Kahn
Im Rudertakt hinauf,
Und Berge, wolkig himmelan,
Begegnen unserm Lauf.

Aug', mein Aug', was sinkst du nieder?
Goldne Träume kommt ihr wieder?
Weg, du Traum! so Gold du bist;
Hier auch Lieb' und Leben ist.

Auf der Welle blinken
Tausend schwebende Sterne,
Weiche Nebel trinken
Rings die türmende Ferne;
Morgenwind umflügelt
Die beschattete Bucht,
Und im See bespiegelt
Sich die reifende Frucht.

Herbstgefühl

Fetter grüne, du Laub',
Am Rebengeländer
Hier mein Fenster herauf;
Gedrängter quellet,
Zwillingsbeeren, und reifet
Schneller und glänzend voller.
Euch brütet der Mutter Sonne
Scheideblick; euch umsäuselt
Die holden Himmels
Fruchtende Fülle;
Euch kühlet des Mondes
Freundlicher Zauberhauch,
Und euch betauen, ach!
Aus diesen Augen
Der ewig belebenden Liebe
Vollschwellende Tränen.

Wandrers Nachtlied

Der du von dem Himmel bist,
Alles Leid und Schmerzen stillest,
Den, der doppelt elend ist,
Doppelt mit Erquickung füllest,
Ach! ich bin des Treibens müde!
Was soll all der Schmerz und Lust?
Süßer Friede!
Komm, ach komm in meine Brust!

Ein Gleiches

Über allen Gipfeln
Ist Ruh',
In allen Wipfeln
Spürest Du
Kaum einen Hauch;
Die Vögelein schweigen im Walde.
Warte nur! Balde
Ruhest du auch.

Wunderliches Buch der Liebe

Lesebuch

Wunderlichstes Buch der Bücher
Ist das Buch der Liebe;
Aufmerksam hab' ich's gelesen:
Wenig Blätter Freuden,
Ganze Hefte Leiden,
Einen Abschnitt macht die Trennung.
Wiedersehn! ein klein Capitel
Fragmentarisch. Bände Kummers
Mit Erklärungen verlängert,
Endlos ohne Maas.
O! Nisami*! – doch am Ende
Hast den rechten Weg gefunden;
Unauflösliches wer löst es?
Liebende sich wieder findend.

* Goethe verwechselt hier den türkischen Dichter Nischani, dem er in diesen Versen nachdichtet, mit dem persischen Dichter Nisami.

Heidenröslein

Sah ein Knab' ein Röslein stehn,
Röslein auf der Heiden,
War so jung und morgenschön,
Lief er schnell es nah zu sehn,
Sah's mit vielen Freuden.
Röslein, Röslein, Röslein rot,
Röslein auf der Heiden.

Knabe sprach: ich breche dich,
Röslein auf der Heiden!
Röslein sprach: ich steche dich,
Daß du ewig denkst an mich,
Und ich will's nicht leiden.
Röslein, Röslein, Röslein rot,
Röslein auf der Heiden.

Und der wilde Knabe brach
's Röslein auf der Heiden;
Röslein wehrte sich und stach,
Half ihr doch kein Weh und Ach,
Mußt es eben leiden.
Röslein, Röslein, Röslein rot,
Röslein auf der Heiden.

Der König in Thule

Es war ein König in Thule
Gar treu bis an das Grab,
Dem sterbend seine Buhle
Einen goldnen Becher gab.

Es ging ihm nichts darüber,
Er leert' ihn jeden Schmaus;
Die Augen gingen ihm über,
So oft er trank daraus.

Und als er kam zu sterben,
Zählt' er seine Städt' im Reich,
Gönnt' alles seinem Erben,
Den Becher nicht zugleich.

Er saß beim Königsmahle,
Die Ritter um ihn her,
Auf hohem Vätersaale,
Dort auf dem Schloß am Meer.

Dort stand der alte Zecher,
Trank letzte Lebensglut,
Und warf den heil'gen Becher
Hinunter in die Flut.

Er sah ihn stürzen, trinken
Und sinken tief ins Meer.
Die Augen täten ihm sinken,
Trank nie einen Tropfen mehr.

Mut des reinen Lebens

Der Schatzgräber

Arm an Beutel, krank am Herzen,
Schleppt' ich meine langen Tage.
Armut ist die größte Plage,
Reichtum ist das höchste Gut!
Und zu enden meine Schmerzen,
Ging ich einen Schatz zu graben.
Meine Seele sollst du haben!
Schrieb ich hin mit eignem Blut.

Und so zog ich Kreis' um Kreise,
Stellte wunderbare Flammen,
Kraut und Knochenwerk zusammen:
Die Beschwörung war vollbracht.
Und auf die gelernte Weise
Grub ich nach dem alten Schatze,
Auf dem angezeigten Platze.
Schwarz und stürmisch war die Nacht.

Und ich sah ein Licht von weiten;
Und es kam, gleich einem Sterne,
Hinten aus der fernsten Ferne,
Eben als es zwölfe schlug.
Und da galt kein Vorbereiten.

Heller ward's mit einemmale
Von dem Glanz der vollen Schale,
Die ein schöner Knabe trug.

Holde Augen sah ich blinken
Unter einem Blumenkranze;
In des Trankes Himmelglanze
Trat er in den Kreis herein.
Und er hieß mich freundlich trinken;
Und ich dacht': es kann der Knabe,
Mit der schönen lichten Gabe,
Wahrlich! nicht der Böse sein.

Trinke Mut des reinen Lebens!
Dann verstehst du die Belehrung,
Kommst, mit ängstlicher Beschwörung,
Nicht zurück an diesen Ort.
Grabe hier nicht mehr vergebens.
Tages Arbeit! Abends Gäste!
Saure Wochen! Frohe Feste!
Sei dein künftig Zauberwort.

Was wär ein Gott

Was wär ein Gott, der nur von außen stieße,
Im Kreis das All am Finger laufen ließe!
Ihm ziemts, die Welt im Innern zu bewegen,
Natur in Sich, Sich in Natur zu hegen,
So daß was in Ihm lebt und webt und ist,
Nie Seine Kraft, nie Seinen Geist vermißt.

Dauer im Wechsel

Hielte diesen frühen Segen
Ach, nur Eine Stunde fest!
Aber vollen Blütenregen
Schüttelt schon der laue West.
Soll ich mich des Grünen freuen
Dem ich Schatten erst verdankt?
Bald wird Sturm auch das zerstreuen,
Wenn es falb im Herbst geschwankt.

Willst du nach den Früchten greifen,
Eilig nimm dein Teil davon!
Diese fangen an zu reifen
Und die andern keimen schon;
Gleich mit jedem Regengusse,
Ändert sich dein holdes Tal,
Ach, und in demselben Flusse
Schwimmst du nicht zum zweitenmal.

Du nun selbst! Was felsenfeste
Sich vor dir hervorgetan,
Mauern siehst du, siehst Paläste
Stets mit andern Augen an.
Weggeschwunden ist die Lippe,
Die im Kusse sonst genas,
Jener Fuß, der an der Klippe
Sich mit Gemsenfreche maß,

Jene Hand, die gern und milde
Sich bewegte wohlzutun.
Das gegliederte Gebilde,
Alles ist ein andres nun.
Und was sich, an jener Stelle,
Nun mit deinem Namen nennt,
Kam herbei wie eine Welle
Und so eilt's zum Element.

Laß den Anfang mit dem Ende
Sich in Eins zusammen ziehn!
Schneller als die Gegenstände
Selber dich vorüberfliehn.
Denke, daß die Gunst der Musen
Unvergängliches verheißt,
Den Gehalt in deinem Busen
Und die Form in deinem Geist.

Stirb und werde!

Selige Sehnsucht

Sagt es niemand, nur den Weisen,
Weil die Menge gleich verhöhnet,
Das Lebend'ge will ich preisen
Das nach Flammentod sich sehnet.

In der Liebesnächte Kühlung,
Die dich zeugte, wo du zeugtest,
Ueberfällt dich fremde Fühlung
Wenn die stille Kerze leuchtet.

Nicht mehr bleibest du umfangen
In der Finsterniß Beschattung,
Und dich reißet neu Verlangen
Auf zu höherer Begattung.

Keine Ferne macht dich schwierig,
Kommst geflogen und gebannt,
Und zuletzt, des Lichts begierig,
Bist du Schmetterling verbrannt,

Und so lang du das nicht hast,
Dieses: Stirb und werde!
Bist du nur ein trüber Gast
Auf der dunklen Erde.

Eins und Alles

Im Grenzenlosen sich zu finden
Wird gern der Einzelne verschwinden,
Da löst sich aller Überdruß;
Statt heißem Wünschen, wildem Wollen,
Statt läst'gem Fordern, strengem Sollen,
Sich aufzugeben ist Genuß.

Weltseele komm uns zu durchdringen!
Dann mit dem Weltgeist selbst zu ringen
Wird unsrer Kräfte Hochberuf.
Teilnehmend führen gute Geister,
Gelinde leitend, höchste Meister,
Zu dem der alles schafft und schuf.

Und umzuschaffen das Geschaffne,
Damit sich's nicht zum Starren waffne,
Wirkt ewiges, lebendiges Tun.
Und was nicht war, nun will es werden,
Zu reinen Sonnen, farbigen Erden,
In keinem Falle darf es ruhn.

Es soll sich regen, schaffend handeln,
Erst sich gestalten, dann verwandeln;
Nur scheinbar steht's Momente still.
Das Ewige regt sich fort in allen:
Denn alles muß in Nichts zerfallen,
Wenn es im Sein beharren will.

Vermächtnis

Kein Wesen kann zu nichts zerfallen,
Das Ew'ge regt sich fort in allen,
Am Sein erhalte dich beglückt!
Das Sein ist ewig, denn Gesetze
Bewahren die lebend'gen Schätze
Aus welchen sich das All geschmückt.

Das Wahre war schon längst gefunden,
Hat edle Geisterschaft verbunden,
Das alte Wahre fass' es an.
Verdank' es, Erdensohn, dem Weisen
Der ihr die Sonne zu umkreisen
Und dem Geschwister wies die Bahn.

Sofort nun wende dich nach innen,
Das Zentrum findest du da drinnen
Woran kein Edler zweifeln mag.
Wirst keine Regel da vermissen,
Denn das selbstständige Gewissen
Ist Sonne deinem Sittentag.

Den Sinnen hast du dann zu trauen,
Kein Falsches lassen sie dich schauen
Wenn dein Verstand dich wach erhält.
Mit frischem Blick bemerke freudig,

Und wandle, sicher wie geschmeidig,
Durch Auen reichbegabter Welt.

Genieße mäßig Füll' und Segen,
Vernunft sei überall zugegen
Wo Leben sich des Lebens freut.
Dann ist Vergangenheit beständig,
Das Künftige voraus lebendig,
Der Augenblick ist Ewigkeit.

Und war es endlich dir gelungen,
Und bist du vom Gefühl durchdrungen:
Was fruchtbar ist allein ist wahr;
Du prüfst das allgemeine Walten,
Es wird nach seiner Weise schalten,
Geselle dich zur kleinsten Schar.

Und wie von Alters her, im stillen,
Ein Liebewerk, nach eignem Willen,
Der Philosoph, der Dichter schuf;
So wirst du schönste Gunst erzielen:
Denn edlen Seelen vorzufühlen
Ist wünschenswertester Beruf.

Wenn dir's in Kopf und Herzen schwirrt:

Sprüche in Versen

Ein hübsch Leben zimmern

Das Beste

Wenn dir's in Kopf und Herzen schwirrt,
Was willst du Beßres haben!
Wer nicht mehr liebt und nicht mehr irrt,
Der lasse sich begraben.

Lebensregel

Willst du dir ein hübsch Leben zimmern,
Mußt dich ums Vergangne nicht bekümmern;
Das Wenigste muß dich verdrießen;
Mußt stets die Gegenwart genießen,
Besonders keinen Menschen hassen
Und die Zukunft Gott überlassen.

Willst du dich deines Wertes freuen,
So mußt der Welt du Wert verleihen.

Keine Selbstzufriedenheit

Demut

Seh' ich die Werke der Meister an,
So seh ich das, was sie getan;
Betracht' ich meine Siebensachen,
Seh' ich, was ich hätt' sollen machen.

Wohl unglückselig ist der Mann,
Der unterläßt das, was er kann,
Und unterfängt sich, was er nicht versteht;
Kein Wunder, daß er zu Grunde geht.

Nicht größern Vorteil wüßt' ich zu nennen,
Als des Feindes Verdienst erkennen.

Ein großer Teich war zugefroren,
Die Fröschlein, in der Tiefe verloren,
Durften nicht ferner quacken noch springen,
Versprachen sich aber, im halben Traum,
Fänden sie nur da oben Raum,
Wie Nachtigallen wollten sie singen.
Der Tauwind kam, das Eis zerschmolz,

Nun ruderten sie und landeten stolz,
Und saßen am Ufer weit und breit
Und quackten wie vor alter Zeit.

Undank der Lohn

Keins von Allen

Wenn du dich selber machst zum Knecht,
Bedauert dich Niemand, geht's dir schlecht;
Machst du dich aber selbst zum Herrn,
Die Leute sehn es auch nicht gern;
Und bleibst du endlich wie du bist,
So sagen sie, daß nichts an dir ist.

Vergebliche Müh

Willst du der getreue Eckart sein,
Und Jedermann vor Schaden warnen,
's ist auch eine Rolle, sie trägt nichts ein:
Sie laufen dennoch nach den Garnen.

Benutze redlich deine Zeit

Willst du in's Unendliche schreiten,
Geh nur im Endlichen nach allen Seiten.

Willst du dich am Ganzen erquicken;
So mußt du das Ganze im Kleinsten erblicken.

Benutze redlich deine Zeit!
Willst was begreifen, suchs nicht weit.

Zwischen heut und morgen
Liegt eine lange Frist.
Lerne schnell besorgen,
Da du noch munter bist.

Was in der Zeiten Bildersaal
Jemals ist trefflich gewesen,
Das wird immer einer einmal
Wieder auffrischen, und lesen.

Meine Wahl

Ich liebe mir den heitern Mann
Am meisten unter meinen Gästen:
Wer sich nicht selbst zum Besten haben kann
Der ist gewiß nicht von den Besten.

Eigenschaften kultivieren, nicht Eigenheiten:

Sprüche in Prosa

Historische Gerechtigkeit

Die größten Menschen hängen immer mit ihrem Jahrhundert durch eine Schwachheit zusammen.

Cato ward in seinem Alter gerichtlich angeklagt, da er denn in seiner Verteidigungs-Rede hauptsächlich hervorhob, man könne sich vor niemand verteidigen, als vor denen mit denen man gelebt habe. Und er hat vollkommen recht, wie will eine Jury aus Prämissen urteilen, die ihr ganz abgehen? wie will sie sich über Motive beraten die schon längst hinter ihr liegen?

Über Geschichte kann niemand urteilen als wer an sich selbst Geschichte erlebt hat. So geht es ganzen Nationen. Die Deutschen können erst über Literatur urteilen, seitdem sie selbst eine Literatur haben.

Sich selbst regieren

Welche Regierung die beste sei? Diejenige, die uns lehrt uns selbst zu regieren.

Es gibt Menschen die auf die Mängel ihrer Freunde sinnen, dabei ist nichts zu gewinnen, ich habe immer auf die Verdienste meiner Widersacher acht gehabt und davon Vorteil gezogen.

Es begegnet mir von Zeit zu Zeit ein Jüngling an dem ich nichts verändert noch gebessert wünschte; nur macht mir bange, daß ich manchen vollkommen geeignet sehe, im Zeitstrom mit fortzuschwimmen, und hier ist's wo ich immerfort aufmerksam machen möchte: daß dem Menschen in seinem zerbrechlichen Kahn eben deshalb das Ruder in die Hand gegeben ist, damit er nicht der Willkür der Wellen, sondern dem Willen seiner Einsicht Folge leiste.

Für das größte Unheil unserer Zeit, die nichts reif werden läßt, muß ich halten, daß man im nächsten Augenblick den vorhergehenden verspeist, den Tag im Tage vertut, und so immer aus der Hand in den

Mund lebt, ohne irgend etwas vor sich zu bringen. Haben wir doch schon Blätter für sämtliche Tageszeiten! ein guter Kopf könnte wohl noch eins und das andere interpoliren. Dadurch wird alles was ein jeder tut, treibt, dichtet, ja was er vor hat, ins Öffentliche geschleppt. Niemand darf sich freuen oder leiden als zum Zeitvertreib der übrigen; und so springt's von Haus zu Haus, von Stadt zu Stadt, von Reich zu Reich, und zuletzt von Weltteil zu Weltteil, alles veloziferisch.

Wie kann man sich selbst kennen lernen? Durch Betrachten niemals, wohl aber durch Handeln. Versuche deine Pflicht zu tun und du weißt gleich was an dir ist.

Was aber ist deine Pflicht? Die Forderung des Tages.

Unsre Eigenschaften müssen wir kultiviren nicht unsre Eigenheiten.

Alles was unsern Geist befreit, ohne uns die Herrschaft über uns selbst zu geben, ist verderblich.

Der lebendige Geist

Der lebendige Geist, sich in praktischer Absicht ans Allernächste haltend, ist das Wünschenswerteste auf Erden.

Alle praktisch handelnden Menschen suchen sich die Welt handrecht zu machen, alle Denkenden wollen sie kopfrecht haben; wie weit es jeder darin bringt das ist die Frage.

Denken ist interessanter als Wissen aber nicht als Anschauen.

Es ist nicht genug zu wissen, man muß auch anwenden; es ist nicht genug zu wollen, man muß auch tun.

Was man erfindet tut man mit Liebe,
Was man gelernt hat mit Sicherheit.

Toren und gescheite Leute sind gleich unschädlich. Nur die Halbnarren und Halbweisen, das sind die gefährlichsten.

Wenn mir eine Sache mißfällt, so laß ich sie liegen oder mache sie besser.

Eine nachgesprochne Wahrheit verliert schon ihre Grazie. Aber ein nachgesprochner Irrtum ist ganz ekelhaft.

Wissen und Zweifel

Alles Gescheite ist schon gedacht worden, man muß nur versuchen es noch einmal zu denken.

Altes Fundament ehrt man, darf aber das Recht nicht aufgeben, irgendwo wieder einmal von vorn zu gründen.

Die Erscheinung ist vom Beobachter nicht losgelöst, vielmehr in die Individualität desselben verschlungen und verwickelt.

Eigentlich weiß man nur wenn man wenig weiß; mit dem Wissen wächst der Zweifel.

Das schönste Glück des denkenden Menschen ist das Erforschliche erforscht zu haben und das Unerforschliche ruhig zu verehren.

Irrtum und Weisheit

Die Irrtümer des Menschen machen ihn eigentlich liebenswürdig.

Der törichste von allen Irrtümern ist, wenn junge gute Köpfe glauben ihre Originalität zu verlieren, indem sie das Wahre anerkennen was von Andern schon anerkannt worden.

Der Irrtum ist recht gut so lange wir jung sind, man muß ihn nur nicht mit ins Alter schleppen.

Der Irrtum ist viel leichter zu erkennen, als die Wahrheit zu finden; jener liegt auf der Oberfläche, damit läßt sich wohl fertig werden; diese ruht in der Tiefe, danach zu forschen ist nicht jedermanns Sache.

Der Irrtum wiederholt sich immerfort in der Tat, deswegen muß man das Wahre unermüdlich in Worten wiederholen.

Der Irrtum verhält sich gegen das Wahre, wie der Schlaf gegen das Wachen. Ich habe bemerkt, daß man aus dem Irren sich wie erquickt wieder zu dem Wahren hinwende.

Gar oft im Laufe des Lebens, mitten in der größten Sicherheit des Wandels, bemerken wir auf einmal daß wir in einem Irrtum befangen sind, daß wir uns für Personen, für Gegenstände einnehmen ließen, ein Verhältnis zu ihnen erträumten, das dem erwachten Auge sogleich verschwindet; und doch können wir uns nicht losreißen, eine Macht hält uns fest die uns unbegreiflich scheint. Manchmal jedoch kommen wir zum völligen Bewußtsein und begreifen daß ein Irrtum so gut als ein Wahres zur Tätigkeit bewegen und antreiben kann. Weil nun die Tat überall entscheidend ist, so kann aus einem tätigen Irrtum etwas Treffliches entstehen, weil die Wirkung jedes Getanen ins Unendliche reicht. So ist das Hervorbringen freilich immer das Beste, aber auch das Zerstören ist nicht ohne glückliche Folge.

Es wäre nicht der Mühe wert siebzig Jahr alt zu werden, wenn alle Weisheit der Welt Torheit wäre vor Gott.

Historisch betrachtet erscheint unser Gutes in mäßigem Lichte und unsere Mängel entschuldigen sich.

Der ist der glücklichste Mensch der das Ende seines Lebens mit dem Anfang in Verbindung setzen kann.

Die höchste Absicht der Kunst ist menschliche Formen zu zeigen so *sinnlich* bedeutend und so schön als es möglich ist.

Man weicht der Welt nicht sicherer aus als durch die Kunst, und man verknüpft sich nicht sicherer mit ihr als durch die Kunst.

Selbst im Augenblick des höchsten Glücks und der höchsten Not bedürfen wir des Künstlers.

Wenn einem Autor ein Lexikon nachkommen kann so taugt er nichts.

Es gibt Bücher durch welche man alles erfährt und doch zuletzt von der Sache nichts begreift.

Das poetische Talent ist dem Bauer so gut gegeben wie dem Ritter, es kommt nur darauf an, daß jeder seinen Zustand ergreife und ihn nach Würden behandle.

Wer fremde Sprachen nicht kennt, weiß nichts von seiner eigenen.

Sage mir mit wem du umgehst, so sage ich dir wer du bist; weiß ich womit du dich beschäftigst, so weiß ich was aus dir werden kann.

Toleranz sollte eigentlich nur eine vorübergehende Gesinnung sein; sie muß zur Anerkennung führen. Dulden heißt beleidigen.

Die wahre Liberalität ist Anerkennung.

Es gibt keinen größern Trost für die Mittelmäßigkeit als daß das Genie nicht unsterblich sei.

Das Fürchterlichste ist wenn platte unfähige Menschen zu Phantasten sich gesellen.

Durch nichts bezeichnen die Menschen mehr ihren Character als durch das was sie lächerlich finden.

Gegen große Vorzüge eines Andern gibt es kein Rettungsmittel als die Liebe.

Wer freudig tut und sich des Getanen freut, ist glücklich.

Freiwillige Abhängigkeit ist der schönste Zustand und wie wäre der möglich ohne Liebe.

Man darf nur alt werden um milder zu sein; ich sehe keinen Fehler begehen, den ich nicht auch begangen hätte.

Unerhörte Begebenheiten:

Erzählungen

Die wunderlichen Nachbarskinder
Novelle

Zwei Nachbarskinder von bedeutenden Häusern, Knabe und Mädchen, in verhältnismäßigem Alter, um dereinst Gatten zu werden, ließ man in dieser angenehmen Aussicht mit einander aufwachsen, und die beiderseitigen Eltern freuten sich einer künftigen Verbindung. Doch man bemerkte gar bald, daß die Absicht zu mißlingen schien, indem sich zwischen den beiden trefflichen Naturen ein sonderbarer Widerwille hervortat. Vielleicht waren sie einander zu ähnlich. Beide in sich selbst gewendet, deutlich in ihrem Wollen, fest in ihren Vorsätzen; jedes einzeln geliebt und geehrt von seinen Gespielen; immer Widersacher wenn sie zusammen waren, immer aufbauend für sich allein, immer wechselweise zerstörend wo sie sich begegneten; nicht wetteifernd nach Einem Ziel, aber immer kämpfend um Einen Zweck; gutartig durchaus und liebenswürdig, und nur hassend, ja bösartig, indem sie sich auf einander bezogen.

Dieses wunderliche Verhältnis zeigte sich schon bei kindischen Spielen, es zeigte sich bei zunehmenden Jahren. Und wie die Knaben Krieg zu spielen, sich in Parteien zu sondern, einander Schlachten zu liefern pflegen, so stellte sich das trotzig mutige Mädchen einst an die Spitze des einen Heers, und focht gegen das andre mit solcher Gewalt und Erbitterung, daß dieses schimpflich wäre in die Flucht geschlagen worden, wenn ihr einzelner Widersacher sich nicht sehr brav gehalten und seine Gegnerin doch noch zuletzt entwaffnet und gefangen genommen hätte. Aber auch da noch wehrte sie sich so gewaltsam, daß er, um seine Augen zu erhalten, und die Feindin doch nicht zu beschädigen, sein seidenes Halstuch abreißen und ihr die Hände damit auf den Rücken binden mußte.

Dies verzieh sie ihm nie, ja sie machte so heimliche Anstalten und Versuche ihn zu beschädigen, daß die Eltern, die auf diese seltsamen Leidenschaften schon längst Acht gehabt, sich mit einander verständigten und beschlossen, die beiden feindlichen Wesen zu trennen und jene lieblichen Hoffnungen aufzugeben.

Der Knabe tat sich in seinen neuen Verhältnissen bald hervor. Jede Art von Unterricht schlug bei ihm an. Gönner und eigene Neigung bestimmten ihn zum Soldatenstande. Überall wo er sich fand, war er geliebt und geehrt. Seine tüchtige Natur schien nur zum Wohlsein, zum Behagen anderer zu wirken, und er war in sich, ohne deutliches Bewußtsein, recht glücklich, den einzigen Widersacher verloren zu haben, den die Natur ihm zugedacht hatte.

Das Mädchen dagegen trat auf einmal in einen veränderten Zustand. Ihre Jahre, eine zunehmende Bildung, und mehr noch ein gewisses inneres Gefühl zogen sie von den heftigen Spielen hinweg, die sie bisher in Gesellschaft der Knaben auszuüben pflegte. Im Ganzen schien ihr etwas zu fehlen, nichts war um sie herum, das wert gewesen wäre, ihren Haß zu erregen. Liebenswürdig hatte sie noch Niemanden gefunden.

Ein junger Mann, älter als ihr ehemaliger nachbarlicher Widersacher, von Stand, Vermögen und Bedeutung, beliebt in der Gesellschaft, gesucht von Frauen, wendete ihr seine ganze Neigung zu. Es war das erstemal, daß sich ein Freund, ein Liebhaber, ein Diener um sie bemühte. Der Vorzug den er ihr vor vielen gab, die älter, gebildeter, glänzender und anspruchsreicher waren als sie, tat ihr gar zu wohl. Seine fortgesetzte Aufmerksamkeit, ohne daß er zudringlich gewesen wäre, sein treuer Beistand bei den verschiedenen unangenehmen Zufällen, sein gegen ihre Eltern zwar ausgesprochnes, doch ruhiges und nur hoffnungsvolles Werben, da sie freilich noch sehr jung war: das alles nahm sie für ihn ein, wozu die Gewohnheit, die äußern nun von der Welt als bekannt angenommenen Verhältnisse, das ihrige beitrugen. Sie war so oft Braut genannt worden, daß sie sich endlich selbst dafür hielt, und weder sie noch irgend Jemand dachte daran, daß noch eine Prüfung nötig sei, als sie den Ring mit demjenigen wechselte, der so lange Zeit für ihren Bräutigam galt.

Der ruhige Gang den die ganze Sache genommen hatte, war auch durch das Verlöbnis nicht beschleunigt worden. Man ließ eben von beiden Seiten alles so fortgewähren; man freute sich des Zusammenlebens und wollte die gute Jahreszeit durchaus noch als einen Frühling des künftigen ernsteren Lebens genießen.

Indessen hatte der entfernte sich zum schönsten ausgebildet, eine verdiente Stufe seiner Lebensbestimmung erstiegen, und kam mit Urlaub die Seinigen zu besuchen. Auf eine ganz natürliche aber doch sonderbare Weise stand er seiner schönen Nachbarin abermals entgegen. Sie hatte in der letzten Zeit nur freundliche, bräutliche Familienempfindungen bei sich genährt, sie war mit allem was sie umgab in Übereinstimmung; sie glaubte glücklich zu sein und war es auch auf gewisse Weise. Aber nun stand ihr zum erstenmal seit langer Zeit wieder etwas entgegen: es war nicht hassenswert, sie war des Hasses unfähig geworden; ja der kindische Haß, der eigentlich nur ein dunkles Anerkennen des inneren Wertes gewesen, äußerte sich nun in frohem Erstaunen, erfreulichem Betrachten, gefälligem Eingestehen, halb willigem halb unwilligem und doch notwendigem Annahen, und das alles war wechselseitig. Eine lange Entfernung gab zu längeren Unterhaltungen Anlaß. Selbst jene kindische Unvernunft diente den Aufgeklärteren zu scherzhafter Erinnerung, und es war als wenn man sich jenen neckischen Haß wenigstens durch eine freundschaftliche aufmerksame Behandlung vergüten müsse, als wenn jenes gewaltsame Verkennen nunmehr nicht ohne ein ausgesprochnes Anerkennen bleiben dürfe.

Von seiner Seite blieb alles in einem verständigen, wünschenswerten Maß. Sein Stand, seine Verhältnisse, sein Streben, sein Ehrgeiz beschäftigten ihn so reichlich, daß er die Freundlichkeit der schönen Braut als eine dankenswerte Zugabe mit Behaglichkeit aufnahm, ohne sie deshalb in irgend einem Bezug auf sich zu betrachten, oder sie ihrem Bräutigam zu mißgönnen, mit dem er übrigens in den besten Verhältnissen stand.

Bei ihr hingegen sah es ganz anders aus. Sie schien sich wie aus einem Traum erwacht. Der Kampf gegen ihren jungen Nachbar war die erste Leidenschaft gewesen, und dieser heftige Kampf war doch nur, unter der Form des Widerstrebens, eine heftige gleichsam angeborene Neigung. Auch kam es ihr in der Erinnerung nicht anders vor, als daß sie ihn immer geliebt habe. Sie lächelte über jenes feindliche Suchen mit den Waffen in der Hand; sie wollte sich des angenehmsten Gefühls erinnern, als er sie entwaffnete; sie bildete sich ein die größte Seligkeit empfunden zu haben, da er sie band, und alles was sie zu seinem Schaden und Verdruß unternommen hatte, kam ihr nur als unschuldiges Mittel vor, seine Aufmerksamkeit auf sich zu ziehen. Sie verwünschte jene Trennung, sie bejammerte den Schlaf in den sie verfallen, sie verfluchte die schleppende, träumerische Gewohnheit, durch die ihr ein so unbedeutender Bräutigam hatte werden können, sie war verwandelt, doppelt verwandelt, vorwärts und rückwärts wie man es nehmen will.

Hätte Jemand ihre Empfindungen, die sie ganz geheim hielt, entwickeln und mit ihr teilen können, so würde er sie nicht gescholten haben: denn freilich konnte der Bräutigam die Vergleichung mit dem Nachbar nicht aushalten, sobald man sie neben einander sah. Wenn man dem einen ein gewisses Zutrauen nicht versagen konnte, so erregte der andere das vollste Vertrauen; wenn man den einen gern zur Gesellschaft mochte, so wünschte man sich den andern zum Gefährten; und dachte man gar an höhere Teilnahme, an außerordentliche Fälle: so hätte man wohl an dem einen gezweifelt, wenn einem der andere vollkommene Gewißheit gab. Für solche Verhältnisse ist den Weibern ein besonderer Takt angeboren und sie haben Ursache so wie Gelegenheit ihn auszubilden.

Jemehr die schöne Braut solche Gesinnungen bei sich ganz heimlich nährte, je weniger nur irgend Jemand dasjenige auszusprechen im Fall war, was zu Gunsten des Bräutigams gelten konnte, was Verhältnisse, was Pflicht anzuraten und zu gebieten, ja was eine unabänderliche Notwendigkeit unwiderruflich zu fordern schien; desto mehr begünstigte das schöne Herz seine Einseitigkeit, und indem sie von der einen Seite durch Welt und Familie, Bräutigam und eigne Zusage unauflöslich gebunden war, von der andern der emporstrebende Jüngling gar kein Geheimnis von seinen Gesinnungen, Plänen und Aussichten machte, sich nur als ein treuer und nicht einmal zärtlicher Bruder gegen sie bewies, und nun gar von seiner unmittelbaren Abreise die Rede war; so schien es als ob ihr früher kindischer Geist mit allen seinen Tücken und Gewaltsamkeiten wieder erwachte, und sich nun auf einer höheren Lebensstufe mit Unwillen rüstete, bedeutender und verderblicher zu wirken. Sie beschloß zu sterben, um den ehemals Gehaßten und nun so heftig Geliebten für seine Unteilnahme zu strafen und sich, indem sie ihn nicht besitzen sollte, wenigstens mit seiner Einbildungskraft, seiner Reue auf ewig zu vermählen. Er sollte ihr totes Bild nicht loswerden, er sollte nicht aufhören sich Vorwürfe zu machen, daß er ihre Gesinnungen nicht erkannt, nicht erforscht, nicht geschätzt habe.

Dieser seltsame Wahnsinn begleitete sie überall hin. Sie verbarg ihn unter allerlei Formen, und ob sie den Menschen gleich wunderlich vorkam; so war Niemand aufmerksam oder klug genug, die innere wahre Ursache zu entdecken.

Indessen hatten sich Freunde, Verwandte, Bekannte in Anordnungen von mancherlei Festen erschöpft. Kaum verging ein Tag, daß nicht irgend etwas neues und unerwartetes angestellt worden wäre. Kaum war ein schöner Platz der Landschaft, den man nicht ausgeschmückt und zum Empfang vieler frohen Gäste bereitet hätte. Auch wollte unser junger Ankömmling noch vor seiner Abreise das Seinige tun, und lud das junge Paar mit einem engeren Familienkreise zu einer Wasserlustfahrt. Man bestieg ein großes schönes wohlausgeschmücktes Schiff, eine der Jachten die einen kleinen Saal und einige Zimmer anbieten und auf das Wasser die Bequemlichkeit des Landes überzutragen suchen.

Man fuhr auf dem großen Strome mit Musik dahin, die Gesellschaft hatte sich bei heißer Tageszeit in den untern Räumen versammelt, um sich an Geistes- und Glücksspielen zu ergetzen. Der junge Wirt, der niemals untätig bleiben konnte, hatte sich ans Steuer gesetzt, den alten Schiffsmeister abzulösen, der an seiner Seite eingeschlafen war; und eben brauchte der Wachende alle seine Vorsicht, da er sich einer Stelle nahte, wo zwei Inseln das Flußbette verengten und indem sie ihre flachen Kiesufer, bald an der einen bald an der andern Seite hereinstreckten, ein gefährliches Fahrwasser zubereiteten. Fast war der sorgsame und scharfblickende Steurer in Versuchung den Meister zu wecken, aber er getraute sich's zu und fuhr gegen die Enge. In dem Augenblick erschien auf dem Verdeck seine schöne Feindin mit einem Blumenkranz in den Haaren. Sie nahm ihn ab und warf ihn auf den Steuernden. Nimm dies zum Andenken! rief sie aus. Störe mich nicht! rief er ihr entgegen, indem er den Kranz auffing: ich bedarf aller meiner Kräfte und meiner Aufmerksamkeit. Ich störe dich nicht weiter, rief sie: du siehst mich nicht wieder! Sie sprach's und eilte nach dem Vorderteil des Schiffs, von da sie ins Wasser sprang. Einige Stimmen riefen: rettet! rettet! sie ertrinkt. Er war in der entsetzlichsten Verlegenheit. Über dem Lärm erwacht der alte Schiffsmeister, will das Ruder ergreifen, der jüngere es ihm übergeben; aber es ist keine Zeit die Herrschaft zu wechseln: das Schiff strandet, und in eben dem Augenblick, die lästigsten Kleidungsstücke wegwerfend, stürzte er sich ins Wasser, und schwamm der schönen Feindin nach.

Das Wasser ist ein freundliches Element für den der damit bekannt ist und es zu behandeln weiß. Es trug ihn, und der geschickte Schwimmer beherrschte es. Bald hatte er die vor ihm fortgerissene Schöne erreicht; er faßte sie, wußte sie zu heben und zu tragen; beide wurden vom Strom gewaltsam fortgerissen bis sie die Inseln, die Werder, weit hinter sich hatten und der Fluß wieder breit und gemächlich zu fließen anfing. Nun erst ermannte, nun erholte er sich aus der ersten zudringenden Not, in der er ohne Besinnung nur mechanisch gehandelt; er blickte mit emporstrebendem Haupt umher und ruderte nach Vermögen einer flachen buschigen Stelle zu, die sich angenehm und gelegen in den Fluß verlief. Dort brachte er seine schöne Beute aufs Trockne; aber kein Lebenshauch war in ihr zu spüren. Er war in Verzweiflung, als ihm ein betretener Pfad der durchs Gebüsch lief, in die Augen leuchtete. Er belud sich aufs neue mit der teuren Last, er erblickte bald eine einsame Wohnung und erreichte sie. Dort fand er gute Leute, ein junges Ehepaar. Das Unglück, die Not sprach sich geschwind aus. Was er nach einiger Besinnung forderte, ward geleistet. Ein lichtes Feuer brannte; wollne Decken wurden über ein Lager gebreitet; Pelze, Felle und was Erwärmendes vorrätig war, schnell herbeigetragen. Hier überwand die Begierde zu retten jede andre Betrachtung. Nichts ward versäumt, den schönen halbstarren nackten Körper wieder ins Leben zu rufen. Es gelang. Sie schlug die Augen auf, sie erblickte den Freund, umschlang seinen Hals mit ihren himmlischen Armen. So blieb sie lange; ein Tränenstrom stürzte aus ihren Augen und vollendete ihre Genesung. Willst du mich verlassen, rief sie aus: da ich dich so wiederfinde? Niemals, rief er, niemals! und wußte nicht was er sagte noch was er tat. Nur schone dich, rief er hinzu: schone dich! denke an dich um deinet- und meinetwillen.

Sie dachte nun an sich und bemerkte jetzt erst den Zustand in dem sie war. Sie konnte sich vor ihrem Liebling, ihrem Retter nicht schämen; aber sie entließ ihn gern, damit er für sich sorgen möge: denn noch war was ihn umgab, naß und triefend.

Die jungen Eheleute beredeten sich: er bot dem Jüngling, und sie der Schönen das Hochzeitkleid an, das noch vollständig da hing, um ein Paar von Kopf zu Fuß und von innen heraus zu bekleiden. In kurzer Zeit waren die beiden Abenteurer nicht nur angezogen sondern geputzt. Sie sahen allerliebst aus, staunten einander an, als sie zusammentraten, und fielen sich mit unmäßiger Leidenschaft, und doch halb lächelnd über die Vermummung, gewaltsam in die Arme. Die Kraft der Jugend und die Regsamkeit der Liebe stellten sie in wenigen Augenblicken völlig wieder her, und es fehlte nur die Musik um sie zum Tanz aufzufordern.

Sich vom Wasser zur Erde, vom Tode zum Leben, aus dem Familienkreis in eine Wildnis, aus der Verzweiflung zum Entzücken, aus der Gleichgültigkeit zur Neigung, zur Leidenschaft gefunden zu haben, alles in einem Augenblick – der Kopf wäre nicht hinreichend das zu fassen, er würde zerspringen oder sich verwirren. Hiebei muß das Herz das beste tun, wenn eine solche Überraschung ertragen werden soll.

Ganz verloren eins ins andre, konnten sie erst nach einiger Zeit an die Angst, an die Sorgen der

Zurückgelassenen denken, und fast konnten sie selbst nicht ohne Angst, ohne Sorge daran denken, wie sie jenen wieder begegnen wollten. Sollen wir fliehen? sollen wir uns verbergen? sagte der Jüngling. Wir wollen zusammen bleiben, sagte sie, indem sie an seinem Hals hing.

Der Landmann, der von ihnen die Geschichte des gestrandeten Schiffs vernommen hatte, eilte ohne weiter zu fragen nach dem Ufer. Das Fahrzeug kam glücklich einhergeschwommen; es war mit vieler Mühe losgebracht worden. Man fuhr aufs Ungewisse fort, in Hoffnung die Verlornen wieder zu finden. Als daher der Landmann mit Rufen und Winken die Schiffenden aufmerksam machte, an eine Stelle lief, wo ein vorteilhafter Landungsplatz sich zeigte, und mit Winken und Rufen nicht aufhörte, wandte sich das Schiff nach dem Ufer, und welch ein Schauspiel ward es, da sie landeten! Die Eltern der beiden Verlobten drängten sich zuerst ans Ufer; den liebenden Bräutigam hatte fast die Besinnung verlassen. Kaum hatten sie vernommen, daß die lieben Kinder gerettet seien, so traten diese in ihrer sonderbaren Verkleidung aus dem Busch hervor. Man erkannte sie nicht eher, als bis sie ganz herangetreten waren. Wen seh' ich? riefen die Mütter: was seh' ich? riefen die Väter. Die Geretteten warfen sich vor ihnen nieder. Eure Kinder! riefen sie aus: ein Paar. Verzeiht! rief das Mädchen. Gebt uns

Euren Segen! rief der Jüngling. Gebt uns Euren Segen! riefen beide, da alle Welt staunend verstummte. Euren Segen! ertönte es zum drittenmal, und wer hätte den versagen können.

Novelle

Ein dichter Herbstnebel verhüllte noch in der Frühe die weiten Räume des fürstlichen Schloßhofes, als man schon mehr oder weniger durch den sich lichtenden Schleier die ganze Jägerei zu Pferde und zu Fuß durch einander bewegt sah. Die eiligen Beschäftigungen der nächsten ließen sich erkennen, man verlängerte, man verkürzte die Steigbügel, man reichte sich Büchse und Patronentäschchen, man schob die Dachsranzen zurecht, indes die Hunde ungeduldig am Riemen den Zurückhaltenden mit fortzuschleppen drohten. Auch hie und da gebärdete ein Pferd sich mutiger, von feuriger Natur getrieben oder von dem Sporn des Reiters angeregt, der selbst hier in der Halbhelle eine gewisse Eitelkeit sich zu zeigen nicht verleugnen konnte. Alle jedoch warteten auf den Fürsten, der von seiner jungen Gemahlin Abschied nehmend allzulange zauderte.

Erst vor kurzer Zeit zusammen-getraut empfanden sie schon das Glück übereinstimmender Gemüter, beide waren von tätig lebhaftem Charakter, eines nahm gern an des andern Neigungen und

Bestrebungen Anteil. Des Fürsten Vater hatte noch den Zeitpunkt erlebt und genutzt, wo es deutlich wurde daß alle Staatsglieder in gleicher Betriebsamkeit ihre Tage zubringen, in gleichem Wirken und Schaffen, jeder nach seiner Art, erst gewinnen und dann genießen sollte.

Wie sehr dieses gelungen war ließ sich in diesen Tagen gewahr werden, als eben der Hauptmarkt sich versammelte, den man gar wohl eine Messe nennen konnte. Der Fürst hatte seine Gemahlin gestern durch das Gewimmel der aufgehäuften Waren zu Pferde geführt und sie bemerken lassen, wie gerade hier das Gebirgsland mit dem flachen Lande einen glücklichen Umtausch treffe; er wußte sie an Ort und Stelle auf die Betriebsamkeit seines Länderkreises aufmerksam zu machen.

Wenn sich nun der Fürst fast ausschließlich in diesen Tagen mit den Seinigen über diese zudringenden Gegenstände unterhielt, auch besonders mit dem Finanzminister anhaltend arbeitete, so behielt doch auch der Landjägermeister sein Recht, auf dessen Vorstellung es unmöglich war, der Versuchung zu widerstehen, an diesen günstigen Herbsttagen eine schon verschobene Jagd zu unternehmen, sich selbst und den vielen angekommenen Fremden ein eignes und seltnes Fest zu eröffnen.

Die Fürstin blieb ungern zurück; man hatte sich vorgenommen, weit in das Gebirg hineinzudringen, um die friedlichen Bewohner der dortigen Wälder durch einen unerwarteten Kriegszug zu beunruhigen.

Scheidend versäumte der Gemahl nicht einen Spazierritt vorzuschlagen, den sie im Geleit Friedrichs des Fürstlichen Oheims unternehmen sollte: auch lasse ich, sagte er, dir unsern Honorio, als Stall- und Hofjunker, der für alles sorgen wird; und in Gefolg dieser Worte gab er im Hinabsteigen einem wohlgebildeten jungen Mann die nötigen Aufträge, verschwand sodann bald mit Gästen und Gefolge.

Die Fürstin, die ihrem Gemahl noch in den Schloßhof hinab mit dem Schnupftuch nachgewinkt hatte, begab sich in die hinteren Zimmer, welche nach dem Gebirg eine freie Aussicht ließen, die um desto schöner war als das Schloß selbst von dem Flusse herauf in einiger Höhe stand und so vor- als hinterwärts mannigfaltige bedeutende Ansichten gewährte. Sie fand das treffliche Teleskop noch in der Stellung wo man es gestern Abend gelassen hatte als man, über Busch, Berg und Waldgipfel die hohen Ruinen der uralten Stammburg betrachtend, sich unterhielt, die in der Abendbeleuchtung merkwürdig hervortraten, indem alsdann die größten Licht- und Schattenmassen den deutlichsten Begriff von einem so ansehnlichen Denkmal alter Zeit verleihen konnten. Auch zeigte sich heute früh durch die annähernden Gläser recht auffallend die herbstliche Färbung, jener mannigfaltigen Baumarten, die zwischen dem

Gemäuer ungehindert und ungestört durch lange Jahre emporstrebten. Die schöne Dame richtete jedoch das Fernrohr etwas tiefer nach einer öden, steinigen Fläche, über welche der Jagdzug weggehen mußte; sie erharrte den Augenblick mit Geduld und betrog sich nicht: denn bei der Klarheit und Vergrößerungsfähigkeit des Instrumentes, erkannten ihre glänzenden Augen deutlich den Fürsten und den Oberstallmeister; ja sie enthielt sich nicht abermals mit dem Schnupftuche zu winken, als sie ein augenblickliches Stillhalten und Rückblicken mehr vermutete als gewahr ward.

Fürst Oheim, Friedrich mit Namen, trat sodann, angemeldet, mit seinem Zeichner herein, der ein großes Portefeuille unter dem Arm trug. Liebe Cousine, sagte der alte rüstige Herr, hier legen wir die Ansichten der Stammburg vor, gezeichnet um von verschiedenen Seiten anschaulich zu machen, wie der mächtige Trutz- und Schutzbau von alten Zeiten her dem Jahr und seiner Witterung sich entgegen stemmte und wie doch hie und da sein Gemäuer weichen, da und dort in wüste Ruinen zusammenstürzen mußte. Nun haben wir manches getan um diese Wildnis zugänglicher zu machen, denn mehr bedarf es nicht um jeden Wanderer, jeden Besuchenden in Erstaunen zu setzen, zu entzücken.

Indem nun der Fürst die einzelnen Blätter deutete sprach er weiter: Hier, wo man, den Hohlweg durch die äußern Ringmauern heraufkommend, vor die eigentliche Burg gelangt, steigt uns ein Felsen entgegen von den festesten des ganzen Gebirgs; hierauf nun steht gemauert ein Turm, doch niemand wüßte zu sagen wo die Natur aufhört, Kunst und Handwerk aber anfangen. Ferner sieht man seitwärts Mauern angeschlossen und Zwinger terrassenmäßig herab sich erstreckend. Doch ich sage nicht recht, denn es ist eigentlich ein Wald der diesen uralten Gipfel umgibt; seit hundert und funfzig Jahren hat keine Axt hier geklungen und überall sind die mächtigsten Stämme emporgewachsen; wo ihr euch an den Mauern hindrängt stellt sich der glatte Ahorn, die rauhe Eiche, die schlanke Fichte mit Schaft und Wurzeln entgegen, um diese müssen wir uns herumschlängeln und unsere Fußpfade verständig führen. Seht nur wie trefflich unser Meister dies Charakteristische auf dem Papier ausgedrückt hat, wie kenntlich die verschiedenen Stamm- und Wurzelarten zwischen das Mauerwerk verflochten und die mächtigen Äste durch die Lücken durchgeschlungen sind. Es ist eine Wildnis wie keine, ein zufällig-einziges Lokal, wo die alten Spuren längst verschwundener Menschenkraft mit der ewig lebenden und fortwirkenden Natur sich in dem ernstesten Streit erblicken lassen.

Ein anderes Blatt aber vorlegend fuhr er fort: Was sagt Ihr nun zum Schloßhofe, der, durch das

Zusammenstürzen des alten Torturmes unzugänglich, seit undenklichen Jahren von niemand betreten ward. Wir suchten ihm von der Seite beizukommen, haben Mauern durchbrochen, Gewölbe gesprengt und so einen bequemen aber geheimen Weg bereitet. Inwendig bedurft' es keines Aufräumens, hier findet sich ein flacher Felsgipfel von der Natur geplättet, aber doch haben mächtige Bäume hie und da zu Wurzeln Glück und Gelegenheit gefunden; sie sind sachte aber entschieden aufgewachsen, nun erstrecken sie ihre Äste bis in die Galerien hinein, auf denen der Ritter sonst auf und ab schritt; ja durch Türen durch und Fenster in die gewölbten Säle, aus denen wir sie nicht vertreiben wollen, sie sind eben Herr geworden und mögens bleiben. Tiefe Blätterschichten wegräumend haben wir den merkwürdigsten Platz geebnet gefunden, dessen Gleichen in der Welt vielleicht nicht wieder zu sehen ist.

Nach allem diesem aber ist es immer noch bemerkenswert und an Ort und Stelle zu beschauen, daß auf den Stufen die in den Hauptturm hinaufführen ein Ahorn Wurzel geschlagen und sich zu einem so tüchtigen Baume gebildet hat, daß man nur mit Not daran vorbeidringen kann um die Zinne, der unbegrenzten Aussicht wegen, zu besteigen. Aber auch hier verweilt man bequem im Schatten, denn dieser Baum ist es der sich über das Ganze wunderbar hoch in die Luft hebt.

Danken wir also dem wackern Künstler, der uns so löblich in verschiedenen Bildern von allem überzeugt als wenn wir gegenwärtig wären; er hat die schönsten Stunden des Tages und der Jahrszeit dazu angewendet und sich wochenlang um diese Gegenstände herumbewegt. In dieser Ecke ist für ihn und den Wächter den wir ihm zugegeben eine kleine angenehme Wohnung eingerichtet. Sie sollten nicht glauben, meine Beste, welch eine schöne Aus- und Ansicht er ins Land, in Hof und Gemäuer sich dort bereitet hat. Nun aber da alles so rein und charakteristisch umrissen ist, wird er es hier unten mit Bequemlichkeit ausführen. Wir wollen mit diesen Bildern unsern Gartensaal zieren und niemand soll über unsere regelmäßigen Parterre, Lauben und schattigen Gänge, seine Augen spielen lassen, der nicht wünschte sich dort oben in dem wirklichen Anschauen des Alten und Neuen, des Starren, Unnachgiebigen, Unzerstörlichen und des Frischen, Schmiegsamen, Unwiderstehlichen seine Betrachtungen anzustellen.

Honorio trat ein und meldete die Pferde seien vorgeführt, da sagte die Fürstin, zum Oheim gewendet: reiten wir hinauf und lassen Sie mich in der Wirklichkeit sehen was Sie mir hier im Bilde zeigten. Seit ich hier bin hör' ich von diesem Unternehmen und werde jetzt erst recht verlangend mit Augen zu sehen was mir in der Erzählung unmöglich schien und in der Nachbildung unwahrscheinlich bleibt –

Noch nicht, meine Liebe, versetzte der Fürst: was Sie hier sahen ist was es werden kann und wird; jetzt stockt noch manches im Beginnen; die Kunst muß erst vollenden, wenn sie sich vor der Natur nicht schämen soll – Und so reiten wir wenigstens hinaufwärts, und wär' es nur bis an den Fuß; ich habe große Lust mich heute weit in der Welt umzusehen. – Ganz nach Ihrem Willen, versetzte der Fürst – Lassen Sie uns aber durch die Stadt reiten, fuhr die Dame fort, über den großen Marktplatz, wo eine zahllose Menge von Buden die Gestalt einer kleinen Stadt, eines Feldlagers angenommen hat. Es ist als wären die Bedürfnisse und Beschäftigungen sämtlicher Familien des Landes umher, nach außen gekehrt, in diesem Mittelpunkt versammelt, an das Tageslicht gebracht worden. Denn hier sieht der aufmerksame Beobachter alles was der Mensch leistet und bedarf, man bildet sich einen Augenblick ein, es sei kein Geld nötig, jedes Geschäft könne hier durch Tausch abgetan werden; und so ist es auch im Grunde. Seitdem der Fürst gestern mir Anlaß zu diesen Übersichten gegeben, ist es mir gar angenehm zu denken, wie hier, wo Gebirg und flaches Land aneinander grenzen, beide so deutlich aussprechen was sie brauchen und was sie wünschen. Wie nun der Hochländer das Holz seiner Wälder in hundert Formen umzubilden weiß, das Eisen zu einem jeden Gebrauch zu vermannigfaltigen, so kommen jene drüben mit den vielfältigsten Waren ihm entgegen, an denen man den Stoff kaum zu unterscheiden und den Zweck oft nicht erkennen mag.

Ich weiß, versetzte der Fürst, daß mein Neffe hierauf die größte Aufmerksamkeit wendet; denn gerade zu dieser Jahrszeit kommt es hauptsächlich darauf an, daß man mehr empfange als gebe; dies zu bewirken ist am Ende die Summe des ganzen Staatshaushaltes, so wie der kleinsten häuslichen Wirtschaft. Verzeihen Sie aber, meine Beste, ich reite niemals gern durch Markt und Messe, bei jedem Schritt ist man gehindert und aufgehalten und dann flammt mir das ungeheure Unglück wieder in die Einbildungskraft, das sich mir gleichsam in die Augen eingebrannt, als ich eine solche Güter- und Warenbreite in Feuer aufgehen sah. Ich hatte mich kaum –

Lassen Sie uns die schönen Stunden nicht versäumen, fiel ihm die Fürstin ein, da der würdige Mann sie schon einigemal mit ausführlicher Beschreibung jenes Unheils geängstigt hatte, wie er sich nämlich, auf einer großen Reise begriffen, Abends im besten Wirtshause auf dem Markte, der eben von einer Hauptmesse wimmelte, höchst ermüdet zu Bette gelegt, und Nachts durch Geschrei und Flammen, die sich gegen seine Wohnung wälzten, gräßlich aufgeweckt worden. – Die Fürstin eilte das Lieblingspferd zu besteigen, und führte, statt zum Hintertore bergauf, zum Vordertore bergunter ihren widerwilligbereiten Begleiter; denn wer wäre nicht gern an ihrer Seite geritten, wer wäre ihr nicht gern gefolgt. Und so war auch Honorio von der sonst so ersehnten Jagd willig zurückgeblieben, um ihr ausschließlich dienstbar zu sein.

Wie voraus zu sehen durften sie auf dem Markte nur Schritt vor Schritt reiten; aber die schöne Liebenswürdige erheiterte jeden Aufenthalt durch eine geistreiche Bemerkung. Ich wiederhole, sagte sie, meine gestrige Lektion, da denn doch die Notwendigkeit unsere Geduld prüfen will. Und wirklich drängte sich die ganze Menschenmasse dergestalt an die Reitenden heran, daß sie ihren Weg nur langsam fortsetzen konnten. Das Volk schaute mit Freuden die junge Dame und auf so viel lächelnden Gesichtern zeigte sich das entschiedene Behagen, zu sehen, daß die erste Frau im Lande auch die schönste und anmutigste sei.

Untereinander gemischt standen Bergbewohner, die zwischen Felsen, Fichten und Föhren ihre stillen Wohnbesitze hegten, Flachländer von Hügeln, Auen und Wiesen her, Gewerbsleute der kleinen Städte und was sich alles versammelt hatte. Nach einem ruhigen Überblick bemerkte die Fürstin ihrem Begleiter, wie alle diese, woher sie auch seien, mehr Stoff als nötig zu ihren Kleidern genommen, mehr Tuch und Leinwand, mehr Band zum Besatz. Ist es doch als ob die Weiber nicht brauschig und die

Männer nicht pauschig genug sich gefallen könnten.

Wir wollen ihnen das ja lassen, versetzte der Oheim, wo auch der Mensch seinen Überfluß hinwendet, ihm ist wohl dabei, am wohlsten wenn er sich damit schmückt und aufputzt. Die schöne Dame winkte Beifall.

So waren sie nach und nach auf einen freien Platz gelangt, der zur Vorstadt hinführte, wo am Ende vieler kleiner Buden und Kramstände ein größeres Brettergebäude in die Augen fiel, das sie kaum erblickten als ein ohrzerreißendes Gebrülle ihnen entgegen tönte. Die Fütterungsstunde der dort zur Schau stehenden wilden Tiere schien herangekommen; der Löwe ließ seine Wald- und Wüstenstimme aufs kräftigste hören, die Pferde schauderten und man konnte der Bemerkung nicht entgehen, wie in dem friedlichen Wesen und Wirken der gebildeten Welt der König der Einöde sich so furchtbar verkündige. Zur Bude näher gelangt durften sie die bunten kolossalen Gemälde nicht übersehen, die mit heftigen Farben und kräftigen Bildern jene fremden Tiere darstellten, welche der friedliche Staatsbürger zu schauen unüberwindliche Lust empfinden sollte. Der grimmig ungeheure Tiger sprang auf einen Mohren los, im Begriff ihn zu zerreißen; ein Löwe stand ernsthaft majestätisch, als wenn er keine Beute seiner würdig vor sich sähe; andere wunderliche bunte Geschöpfe verdienten neben diesen mächtigen weniger Aufmerksamkeit.

Wir wollen, sagte die Fürstin bei unserer Rückkehr doch absteigen und die seltenen Gäste näher betrachten – Es ist wunderbar, versetzte der Fürst, daß der Mensch durch Schreckliches immer aufgeregt sein will. Drinnen liegt der Tiger ganz ruhig in seinem Kerker, und hier muß er grimmig auf einen Mohren losfahren, damit man glaube dergleichen inwendig ebenfalls zu sehen; es ist an Mord und Todschlag noch nicht genug, an Brand und Untergang, die Bänkelsänger müssen es an jeder Ecke wiederholen. Die guten Menschen wollen eingeschüchtert sein, um hinterdrein erst recht zu fühlen wie schön und löblich es sei frei Atem zu holen.

Was denn aber auch bängliches von solchen Schreckensbildern mochte übrig geblieben sein, alles und jedes war sogleich ausgelöscht, als man, zum Tore hinausgelangt, in die heiterste Gegend eintrat. Der Weg führte zuerst am Flusse hinan, einem zwar noch schmalen, nur leichte Kähne tragenden Wasser, das aber nach und nach als größter Strom seinen Namen behalten und ferne Länder beleben sollte. Dann ging es weiter durch wohlversorgte Frucht- und Lustgärten sachte hinaufwärts, und man sah sich nach und nach in der aufgetanen wohlbewohnten Gegend um, bis erst ein Busch, sodann ein Wäldchen die Gesellschaft aufnahm, und die anmutigsten Örtlichkeiten ihren Blick begrenzten und erquickten. Ein aufwärts leitendes Wiesental, erst vor kurzem zum zweitenmale gemäht, sammetähnlich anzusehen, von einer oberwärts, lebhaft auf einmal reich entspringenden Quelle gewässert, empfing sie freundlich und so zogen sie einem höheren, freieren Standpunkt entgegen, den sie, aus dem Walde sich bewegend, nach einem lebhaften Stieg erreichten, alsdann aber vor sich noch in bedeutender Entfernung über neuen Baumgruppen das alte Schloß, den Zielpunkt ihrer Wallfahrt, als Fels- und Waldgipfel hervorragen sahen. Rückwärts aber – denn niemals gelangte man hierher ohne sich umzukehren – erblickten sie durch zufällige Lücken der hohen Bäume, das fürstliche Schloß links, von der Morgensonne beleuchtet, den wohlgebauten höhern Teil der Stadt von leichten Rauchwolken gedämpft, und sofort nach der rechten zu die untere Stadt, den Fluß in einigen Krümmungen, mit seinen Wiesen und Mühlen; gegenüber eine weite nahrhafte Gegend.

Nachdem sie sich an dem Anblick ersättigt, oder vielmehr, wie es uns bei dem Umblick auf so hoher Stelle zu geschehen pflegt, erst recht verlangend geworden nach einer weitern, weniger begrenzten Aussicht, ritten sie eine steinichte breite Fläche hinan, wo ihnen die mächtige Ruine als ein grüngekrönter Gipfel entgegen stand, wenig alte Bäume tief unten um seinen Fuß; sie ritten hindurch und so fanden sie sich gerade vor der steilsten unzugänglichsten Seite. Mächtige Felsen standen von Urzeiten her, jedem Wechsel unangetastet, fest, wohlgegründet voran, und so türmte sich's aufwärts; das dazwischen Herabgestürzte lag in mächtigen Platten und Trümmern unregelmäßig übereinander und schien dem Kühnsten jeden Angriff zu verbieten. Aber das Steile, Jähe scheint der Jugend zuzusagen; dies zu unternehmen, zu erstürmen, zu erobern ist jungen Gliedern ein Genuß. Die Fürstin bezeigte Neigung zu einem Versuch, Honorio war bei der Hand, der fürstliche Oheim, wenn schon bequemer, ließ sich's gefallen und wollte sich doch auch nicht unkräftig zeigen; die Pferde sollten am Fuß unter den Bäumen halten, und man wollte bis zu einem gewissen Punkte gelangen, wo ein vorstehender mächtiger Fels einen Flächenraum darbot, von wo man eine Aussicht hatte, die zwar schon in den Blick des Vogels überging aber sich doch noch malerisch genug hinter einander schob.

Die Sonne, beinahe auf ihrer höchsten Stelle, verlieh die klarste Beleuchtung, das fürstliche Schloß mit seinen Teilen, Hauptgebäuden, Flügeln, Kuppeln und Türmen erschien gar stattlich; die obere Stadt in ihrer völligen Ausdehnung, auch in die untere konnte man bequem hineinsehen, ja durch das Fernrohr auf dem Markte sogar die Buden unterscheiden. Honorio war immer gewohnt ein so förderliches Werkzeug überzuschnallen; man schaute den Fluß hinauf und hinab, diesseits das bergartig terrassenweis unterbrochene, jenseits das aufgleitende flache und in mäßigen Hügeln abwechselnde fruchtbare Land; Ortschaften unzählige; denn es war längst herkömmlich über die Zahl zu streiten wie viel man deren von hier oben gewahr werde.

Über die große Weite lag eine heitere Stille, wie es am Mittag zu sein pflegt, wo die Alten sagten, der Pan schlafe, und alle Natur halte den Atem an, um ihn nicht aufzuwecken.

Es ist nicht das erstemal, sagte die Fürstin, daß ich auf so hoher weitumschauender Stelle die Betrachtung mache, wie doch die klare Natur so reinlich und friedlich aussieht, und den Eindruck verleiht als wenn garnichts Widerwärtiges in der Welt sein könne; und wenn man dann wieder in die Menschenwohnung zurückkehrt, sie sei hoch oder niedrig, weit oder eng, so gibts immer etwas zu kämpfen, zu streiten, zu schlichten und zurecht zu legen.

Honorio, der indessen durch das Sehrohr nach der Stadt geschaut hatte, rief: Seht hin! Seht hin! auf dem Markte fängt es an zu brennen. Sie sahen hin und bemerkten wenigen Rauch, die Flamme dämpfte der Tag. Das Feuer greift weiter um sich! rief man, immer durch die Gläser schauend; auch wurde das Unheil den guten unbewaffneten Augen der Fürstin bemerklich; von Zeit zu Zeit erkannte man eine rote Flammenglut, der Dampf stieg empor und Fürst Oheim sprach: Laßt uns zurückkehren! das ist nicht gut; ich fürchtete immer das Unglück zum zweitenmale zu erleben. Als sie, herabgekommen, den Pferden wieder zugingen, sagte die Fürstin zu dem alten Herrn: reiten Sie hinein, eilig, aber nicht ohne den Reitknecht, lassen Sie mir Honorio, wir folgen sogleich. Der Oheim fühlte das Vernünftige, ja das Notwendige dieser Worte und ritt, so eilig als der Boden erlaubte, den wüsten steinigen Hang hinunter.

Als die Fürstin aufsaß, sagte Honorio, reiten Ew: Durchlaucht, ich bitte, langsam! in der Stadt wie auf dem Schloß sind die Feueranstalten in bester Ordnung, man wird sich durch einen so unerwartet außerordentlichen Fall nicht irre machen lassen. Hier aber ist ein böser Boden, kleine Steine und kurzes Gras, schnelles Reiten ist unsicher; ohnehin, bis wir hineinkommen, wird das Feuer schon nieder sein. Die Fürstin glaubte nicht daran, sie sah den Rauch sich verbreiten, sie glaubte einen aufflammenden Blitz gesehen, ein Schlag gehört zu haben und nun bewegten sich in ihrer Einbildungskraft alle die Schreckbilder welche des trefflichen Oheims wiederholte Erzählung von dem erlebten Jahrmarkts-Brande leider nur zu tief eingesenkt hatte.

Fürchterlich wohl war jener Fall, überraschend

und eindringlich genug, um zeitlebens eine Ahnung und Vorstellung wiederkehrenden Unglücks ängstlich zurückzulassen, als zur Nachtzeit auf dem großen budenreichen Marktraum ein plötzlicher Brand Laden auf Laden ergriffen hatte, ehe noch die in und an diesen leichten Hütten Schlafenden aus tiefen Träumen geschüttelt wurden; der Fürst selbst als ein ermüdet angelangter erst eingeschlafener Fremder ans Fenster sprang, alles fürchterlich erleuchtet sah, Flamme nach Flamme, rechts und links sich überspringend, ihm entgegen züngelte. Die Häuser des Marktes, vom Widerschein gerötet, schienen schon zu glühen, drohend sich jeden Augenblick zu entzünden und in Flammen aufzuschlagen; unten wütete das Element unaufhaltsam, die Bretter prasselten, die Latten knackten, Leinwand flog auf und ihre düstern an den Enden flammend ausgezackten Fetzen trieben in der Höhe sich umher, als wenn die bösen Geister in ihrem Elemente um und um gestaltet sich, mutwillig tanzend, verzehren und da und dort aus den Gluten wieder auftauchen wollten. Dann aber mit kreischendem Geheul rettete jeder was zur Hand lag; Diener und Knechte mit den Herren bemühten sich von Flammen ergriffene Ballen fortzuschleppen, von dem brennenden Gestell noch einiges wegzureißen um es in die Kiste zu packen, die sie denn doch zuletzt den eilenden Flammen zum Raube lassen mußten. Wie mancher wünschte nur einen Augenblick Stillstand dem heranprasselnden Feuer, nach der Möglichkeit einer Besinnung sich umsehend, und er war mit aller seiner Habe schon ergriffen; an der einen Seite brannte, glühte schon, was an der andern noch in finsterer Nacht stand. Hartnäckige Charaktere, willenstarke Menschen widersetzten sich grimmig dem grimmigen Feinde und retteten manches, mit Verlust ihrer Augenbraunen und Haare. Leider nun erneuerte sich vor dem schönen Geiste der Fürstin der wüste Wirrwarr, nun schien der heitere morgendliche Gesichtskreis umnebelt, ihre Augen verdüstert, Wald und Wiese hatten einen wunderbaren bänglichen Anschein.

In das friedliche Tal einreitend, seiner labenden Kühle nicht achtend, waren sie kaum einige Schritte von der lebhaften Quelle des nahen fließenden Baches herab, als die Fürstin ganz unten im Gebüsch des Wiesentals etwas seltsames erblickte, das sie alsobald für den Tiger erkannte; heranspringend, wie sie ihn vor kurzem gemalt gesehen, kam er entgegen; und dieses Bild zu den furchtbaren Bildern die sie so eben beschäftigten machte den wundersamsten Eindruck. Flieht! gnädige Frau, rief Honorio, flieht! Sie wandte das Pferd um, dem steilen Berg zu wo sie herabgekommen waren. Der Jüngling aber, dem Untier entgegen, zog die Pistole und schoß, als er sich nahe genug glaubte; leider jedoch war gefehlt, der Tiger sprang seitwärts, das Pferd stutzte, das ergrimmte Tier aber verfolgte seinen Weg, aufwärts unmittelbar der Fürstin nach. Sie sprengte was das Pferd vermochte die steile, steinige Strecke hinan, kaum fürchtend, daß ein zartes Geschöpf, solcher Anstrengung ungewohnt, sie nicht aushalten werde. Es übernahm sich, von der bedrängten Reiterin angeregt, stieß am kleinen Gerölle des Hanges an und wieder an, und stürzte zuletzt nach heftigem Bestreben kraftlos zu Boden. Die schöne Dame, entschlossen und gewandt, verfehlte nicht sich strack auf ihre Füße zu stellen, auch das Pferd richtete sich auf, aber der Tiger nahte schon, obgleich nicht in heftiger Schnelle; der ungleiche Boden, die scharfen Steine schienen seinen Antrieb zu hindern und nur daß Honorio unmittelbar hinter ihm herflog, neben ihm gemäßigt heraufritt, schien seine Kraft aufs neue anzuspornen und zu reizen. Beide Renner erreichten zugleich den Ort wo die Fürstin am Pferde stand, der Ritter beugte sich herab, schoß und traf mit der zweiten Pistole das Ungeheuer durch den Kopf, daß es sogleich niederstürzte, und ausgestreckt in seiner Länge erst recht die Macht und Furchtbarkeit sehen ließ, von der nur noch das Körperliche übrig geblieben da lag. Honorio war vom Pferde gesprungen und kniete schon auf dem Tiere, dämpfte seine letzten Bewegungen und hielt den gezogenen Hirschfänger in der rechten Hand. Der Jüngling war schön, er war herangesprengt, wie ihn die Fürstin oft im Lanzen- und Ringelspiel gesehen hatte. Eben so traf in der Reitbahn seine Kugel im Vorbeisprengen den Türkenkopf auf dem Pfahl, gerade unter dem Turban in die Stirne, eben so spießte er, flüchtig heransprengend, mit dem blanken Säbel das Mohrenhaupt vom Boden auf. In allen solchen Künsten war er gewandt und glücklich, hier kam beides zu statten.

Gebt ihm den Rest, sagte die Fürstin, ich fürchte er beschädigt Euch noch mit den Krallen. – Verzeiht! erwiderte der Jüngling, er ist schon tot genug, und ich mag das Fell nicht verderben, das nächsten Winter auf Eurem Schlitten glänzen soll. – Frevelt nicht! sagte die Fürstin; alles was von Frömmigkeit im tiefen Herzen wohnt, entfaltet sich in solchem Augenblick. – Auch ich, rief Honorio, war nicht frömmer als jetzt eben, deshalb aber denke ich an's freudigste, ich blicke dieses Fell nur an wie es Euch zur Lust begleiten kann. – Es würde mich immer an diesen schrecklichen Augenblick erinnern, versetzte sie. – Ist es doch, erwiderte der Jüngling mit glühender Wange, ein unschuldiges Triumphzeichen, als wenn die Waffen erschlagener Feinde vor dem Sieger her zur Schau getragen wurden – Ich werde mich an Eure Kühnheit und Gewandtheit dabei erinnern, und darf nicht hinzusetzen, daß Ihr auf meinen Dank und auf die Gnade des Fürsten lebenslänglich rechnen könnt. Aber steht auf; schon ist kein Leben mehr im Tiere, bedenken wir das Weitere; vor allen Dingen steht auf! – Da ich nun einmal knie, versetzte der Jüngling, da ich mich in einer Stellung befinde, die mir auf jede andere Weise untersagt wäre, so laßt mich bitten von der Gunst, von der Gnade die ihr mir zuwendet, in diesem Augenblick versichert zu werden. Ich habe schon so oft Euren hohen Gemahl gebeten um Urlaub und Vergünstigung einer weitern Reise. Wer das Glück hat an Eurer Tafel zu sitzen, wen Ihr beehrt Eure Gesellschaft unterhalten zu dürfen, der muß die Welt gesehen haben. Reisende strömen von allen Orten her, und wenn von einer Stadt, von einem wichtigen Punkte irgend eines Weltteils gesprochen wird, ergeht an den Eurigen jedesmal die Frage, ob er daselbst gewesen sei. Niemanden traut man Verstand zu, als wer das alles gesehen hat; es ist als wenn man sich nur für andere zu unterrichten hätte.

Steht auf! wiederholte die Fürstin, ich möchte nicht gern gegen die Überzeugung meines Gemahls irgend etwas wünschen und bitten; allein wenn ich nicht irre, so ist die Ursache warum er Euch bisher zurückhielt bald gehoben. Seine Absicht war, Euch zum selbständigen Edelmann herangereift zu sehen, der sich und ihm auch auswärts Ehre machte, wie bisher am Hofe, und ich dächte Eure Tat wäre ein so empfehlender Reisepaß als ein junger Mann nur in die Welt mitnehmen kann.

Daß anstatt einer jugendlichen Freude eine gewisse Trauer über sein Gesicht zog, hatte die Fürstin nicht Zeit zu bemerken, noch er seiner Empfindung Raum zu geben, denn hastig den Berg herauf, einen Knaben an der Hand, kam eine Frau, geradezu auf die Gruppe los, die wir kennen, und kaum war Honorio sich besinnend aufgestanden, als sie sich heulend und schreiend über den Leichnam her warf, und an dieser Handlung, so wie an einer, obgleich reinlich anständigen, doch bunten und seltsamen Kleidung sogleich erraten ließ, sie sei die Meisterin und Wärterin dieses dahingestreckten Geschöpfes, wie denn der schwarzaugige, schwarzlokkige Knabe, der eine Flöte in der Hand hielt, gleich der Mutter weinend, weniger heftig, aber tief gerührt, neben ihr kniete.

Den gewaltsamen Ausbrüchen der Leidenschaft dieses unglücklichen Weibes folgte, zwar unterbrochen stoßweise, ein Strom von Worten, wie ein Bach sich in Absätzen von Felsen zu Felsen stürzt. Eine natürliche Sprache, kurz und abgebrochen, machte sich eindringlich und rührend; vergebens würde man sie in unsern Mundarten übersetzen wollen, den ohngefähren Inhalt dürfen wir nicht verhehlen. Sie haben Dich ermordet, armes Tier! ermordet ohne Not! Du warst zahm und hattest Dich gern ruhig niedergelassen und auf uns gewartet; denn Deine Fußballen schmerzten Dich, und Deine Krallen hatten keine Kraft mehr! Die heiße Sonne fehlte Dir, sie zu reifen. Du warst der Schönste Deines Gleichen, wer hat je einen königlichen Tiger so herrlich ausgestreckt im Schlafe gesehen, wie Du nun hier liegst, tot um nicht wieder aufzustehen. Wenn Du des Morgens aufwachtest beim frühen Tagschein und den Rachen aufsperrtest, ausstreckend die rote Zunge, so schienst Du uns zu lächeln, und, wenn schon brüllend, nahmst Du doch spielend Dein Futter aus den Händen einer Frau, von den Fingern eines Kindes! Wie lange begleiteten wir Dich auf Deinen Fahrten, wie lange war Deine Gesellschaft uns wichtig und fruchtbar! Uns! uns, ganz eigentlich kam die Speise von den Fressern, und süße Labung von den Starken. So wird es nicht mehr sein! Wehe wehe!

Sie hatte nicht ausgeklagt, als über die mittlere Höhe des Bergs am Schlosse herab Reiter heransprengten, die alsobald für das Jagdgefolge des Fürsten erkannt wurden, er selbst voran. Sie hatten, in den hintern Gebirgen jagend, die Brandwolken aufsteigen sehen und durch Täler und Schluchten, wie auf gewaltsam hetzender Jagd, den geraden Weg nach diesem traurigen Zeichen genommen. Über die steinige Blöße einhersprengend stutzten und starrten sie, nun die unerwartete Gruppe gewahr werdend, die sich auf der leeren Fläche merkwürdig auszeichnete. Nach dem ersten Erkennen verstummte man, und nach einigem Erholen ward, was der Anblick nicht selbst ergab, mit wenigen Worten erläutert. So stand der Fürst vor dem seltsamen unerhörten Ereignis, einen Kreis umher von Reitern und Nacheilenden zu Fuße. Unschlüssig war man nicht was zu tun sei; anzuordnen, auszuführen war der Fürst beschäftigt, als ein Mann sich in den Kreis drängte, groß von Gestalt, bunt und wunderlich gekleidet wie Frau und Kind. Und nun gab die Familie zusammen Schmerz und Überraschung zu erkennen. Der Mann aber gefaßt, stand in Ehrfurchtsvoller Entfernung vor dem Fürsten und sagte: Es ist nicht Klagenszeit; ach, mein Herr und mächtiger Jäger, auch der Löwe ist los, auch hier nach dem Gebirge ist er hin, aber schont ihn, habt Barmherzigkeit, daß er nicht umkomme, wie dies gute Tier.

Der Löwe? sagte der Fürst, hast du seine Spur? – Ja Herr! Ein Bauer dort unten, der sich ohne Not auf einen Baum gerettet hatte, wies mich weiter hier links hinauf, aber ich sah den großen Trupp Menschen und Pferde vor mir, neugierig und hülfsbedürftig eilt' ich hierher. Also, – beorderte der Fürst – muß die Jagd sich auf diese Seite ziehen; ihr ladet Eure Gewehre, geht sachte zu Werk, es ist kein Unglück, wenn ihr ihn in die tiefen Wälder treibt; aber am Ende, guter Mann, werden wir Euer Geschöpf nicht schonen können; warum wart ihr unvorsichtig genug sie entkommen zu lassen? – Das Feuer brach aus, versetzte jener, wir hielten uns still und gespannt es verbreitete sich schnell aber fern von uns, wir hatten Wasser genug zu unserer Verteidigung, aber ein Pulverschlag flog auf, und warf die Brände bis an uns heran; über uns weg; wir übereilten uns und sind nun unglückliche Leute.

Noch war der Fürst mit Anordnungen beschäftigt, aber einen Augenblick schien alles zu stocken, als oben vom alten Schloß herab, eilig ein Mann heranspringend gesehen ward, den man bald für den angestellten Wächter erkannte, der die Werkstätte des Malers bewachte indem er darin seine Wohnung nahm und die Arbeiter beaufsichtigte. Er kam außer Atem springend, doch hatte er bald mit wenigen Worten angezeigt: oben hinter der höhern Ringmauer habe sich der Löwe im Sonnenschein gelagert, am Fuße einer hundertjährigen Buche, und verhalte sich ganz ruhig. Ärgerlich aber schloß der Mann: warum habe ich gestern meine Büchse in die Stadt getragen um sie ausputzen zu lassen, er wäre nicht wieder aufgestanden, das Fell wäre doch mein gewesen, und ich hätte mich dessen, wie billig, zeitlebens gebrüstet.

Der Fürst, dem seine militärischen Erfahrungen auch hier zu statten kamen, da er sich wohl schon in Fällen gefunden hatte, wo von mehreren Seiten unvermeidliches Übel herandrohte, sagte hierauf: welche Bürgschaft gebt ihr mir, daß wenn wir eures

Löwen schonen, er nicht im Lande unter den Meinigen Verderben anrichtet?

Hier diese Frau und dieses Kind, erwiderte der Vater hastig, erbieten sich ihn zu zähmen, ihn ruhig zu erhalten, bis ich den beschlagenen Kasten heraufschaffe, da wir ihn denn unschädlich und unbeschädigt wieder zurückbringen werden.

Der Knabe schien seine Flöte versuchen zu wollen, ein Instrument von der Art, das man sonst die sanfte, süße Flöte zu nennen pflegte, sie war kurz geschnäbelt wie die Pfeifen; wer es verstand wußte die anmutigsten Töne daraus hervorzulocken. Indes hatte der Fürst den Wärtel gefragt, wie der Löwe hinaufgekommen. Dieser aber versetzte: Durch den Hohlweg, der, auf beiden Seiten vermauert, von jeher der einzige Zugang war, und der einzige bleiben soll; zwei Fußpfade die noch hinaufführten haben wir dergestalt entstellt daß niemand als durch jenen ersten engen Anweg, zu dem Zauberschlosse gelangen könne, wozu es Fürst Friedrichs Geist und Geschmack ausbilden will.

Nach einigem Nachdenken, wobei sich der Fürst nach dem Kinde umsah, das immer sanft gleichsam zu präludieren fortgefahren hatte, wendete er sich zu Honorio und sagte: du hast heute viel geleistet, vollende das Tagwerk. Besetze den schmalen Weg, haltet Eure Büchsen bereit, aber schießt nicht eher als bis ihr das Geschöpf nicht sonst zurückscheuchen könnt; allenfalls macht ein Feuer an, vor dem er sich fürchtet wenn er herunter will. Mann und Frau möge für das Übrige stehen. Eilig schickte Honorio sich an die Befehle zu vollführen.

Das Kind verfolgte seine Melodie, die keine war, eine Tonfolge ohne Gesetz, und vielleicht eben deswegen so herzergreifend; die Umstehenden schienen wie bezaubert von der Bewegung einer liederartigen Weise, als der Vater mit anständigem Enthusiasmus zu reden anfing und fortfuhr:

Gott hat dem Fürsten Weisheit gegeben, und zugleich die Erkenntnis, daß alle Gotteswerke weise sind, jedes nach seiner Art. Seht den Felsen wie er fest steht und sich nicht rührt, der Witterung trotzt und dem Sonnenschein, uralte Bäume zieren sein Haupt und so gekrönt schaut er, weit umher; stürzt aber ein Teil herunter, so will es nicht bleiben was es war, es fällt zertrümmert in viele Stücke und bedeckt die Seite des Hanges. Aber auch da wollen sie nicht verharren, mutwillig springen sie tief hinab, der Bach nimmt sie auf, zum Flusse trägt er sie. Nicht widerstehend, nicht widerspenstig-eckig, nein, glatt und abgerundet gewinnen sie schneller ihren Weg und gelangen von Fluß zu Fluß, endlich zum Ozean, wo die Riesen in Scharen daher ziehen und in der Tiefe die Zwerge wimmeln.

Doch wer preis't den Ruhm des Herrn, den die Sterne loben von Ewigkeit zu Ewigkeit! Warum seht ihr aber im Fernen umher? betrachtet hier die Biene, noch spät im Herbst sammlet sie emsig und baut sich ein Haus, winkel- und waagerecht, als Meister und Geselle; schaut die Ameise da! sie kennt ihren Weg und verliert ihn nicht, sie baut sich eine Wohnung aus Grashalmen, Erdbröslein und Kiefernadeln, sie baut es in die Höhe und wölbet es zu; aber sie hat umsonst gearbeitet, denn das Pferd stampft und scharrt alles auseinander seht hin! es zertritt ihre Balken und zerstreut ihre Planken, ungeduldig schnaubt es und kann nicht rasten; denn der Herr hat das Roß zum Gesellen des Windes gemacht und zum Gefährten des Sturms, daß es den Mann dahin trage wohin er will und die Frau wohin sie begehrt. Aber im Palmenwald trat er auf, der Löwe, ernsten Schrittes durchzog er die Wüste, dort herrscht er über alles Getier und nichts widersteht ihm. Doch der Mensch weiß ihn zu zähmen und das grausamste Geschöpf hat Ehrfurcht vor dem Ebenbilde Gottes, wornach auch die Engel gemacht sind, die dem Herrn dienen und seinen Dienern. Denn in der Löwengrube scheute sich Daniel nicht; er blieb fest und getrost und das wilde Brüllen unterbrach nicht seinen frommen Gesang.

Diese mit dem Ausdruck eines natürlichen Enthusiasmus gehaltene Rede begleitete das Kind hie und da mit anmutigen Tönen; als aber der Vater geendigt hatte fing es mit reiner Kehle, heller Stimme und geschickten Läufen zu intonieren an, worauf der Vater die Flöte ergriff, im Einklang sich hören ließ, das Kind aber sang:

Aus den Gruben, hier im Graben,
Hör' ich des Propheten Sang;
Engel schweben ihn zu laben,
Wäre da dem Guten bang?
Löw' und Löwin, hin und wieder,
Schmiegen sich um ihn heran;
Ja, die sanften, frommen Lieder
Haben's ihnen angetan!

Der Vater fuhr fort die Strophe mit der Flöte zu begleiten, die Mutter trat hie und da als zweite Stimme mit ein.

Eindringlich aber ganz besonders war, daß das Kind die Zeilen der Strophe nunmehr zu anderer Ordnung durcheinanderschob, und dadurch wo nicht einen neuen Sinn hervorbrachte, doch das Gefühl in und durch sich selbst aufregend erhöhte.

Engel schweben auf und nieder
Uns in Tönen zu erlaben,
Welch ein himmlischer Gesang:
In den Gruben, in dem Graben
Wäre da dem Kinde bang?
Diese sanften frommen Lieder
Lassen Unglück nicht heran;
Engel schweben hin und wieder
Und so ist es schon getan.

Hierauf mit Kraft und Erhebung begannen alle drei:

Denn der Ewige herrscht auf Erden,
Über Meere herrscht sein Blick;
Löwen sollen Lämmer werden,
Und die Welle schwankt zurück.
Blankes Schwert erstarrt im Hiebe;
Glaub' und Hoffnung sind erfüllt;
Wundertätig ist die Liebe,
Die sich im Gebet enthüllt.

Alles war still, hörte, horchte und nur erst als die Töne verhallten konnte man den Eindruck bemerken und allenfalls beobachten. Alles war wie beschwichtigt; jeder in seiner Art gerührt. Der Fürst, als wenn er erst jetzt das Unheil übersähe das ihn vor Kurzem bedroht hatte, blickte nieder auf seine Gemahlin, die, an ihn gelehnt, sich nicht versagte das gestickte Tüchlein hervorzuziehen und die Augen damit zu bedecken. Es tat ihr wohl die jugendliche Brust von dem Druck erleichtert zu fühlen mit dem die vorhergehenden Minuten sie belastet hatten. Eine vollkommene Stille beherrschte die Menge, man schien die Gefahren vergessen zu haben, unten den Brand und von oben das Erstehen eines bedenklich ruhenden Löwen.

Durch einen Wink, die Pferde näher herbei zu führen, brachte der Fürst zuerst wieder in die Gruppe Bewegung, dann wendete er sich zu dem Weibe und sagte: Ihr glaubt also, daß ihr den entsprungenen Löwen, wo ihr ihn antrefft durch euren Gesang, durch den Gesang dieses Kindes, mit Hülfe dieser Flötentöne beschwichtigen und ihn sodann unschädlich, so wie unbeschädigt in seinen Verschluß wieder zurückbringen könntet? Sie bejahten es, versichernd und beteuernd; der Kastellan wurde ihnen als Wegweiser zugegeben. Nun entfernte der Fürst mit Wenigen sich eiligst, die Fürstin folgte langsamer mit dem übrigen Gefolge; Mutter aber und Sohn stiegen, von dem Wärtel, der sich eines Gewehrs bemächtigt hatte, <begleitet>, steiler gegen den Berg hinan.

Vor dem Eintritt in den Hohlweg, der den Zugang zu dem Schloß eröffnete, fanden sie die Jäger beschäftigt dürres Reisig zu häufen, damit sie auf jeden Fall ein großes Feuer anzünden könnten. – Es ist nicht Not, sagte die Frau, es wird ohne das alles in Güte geschehen.

Weiter hin, auf einem Mauerstücke sitzend, erblickten sie Honorio, seine Doppelbüchse in den Schoß gelegt, auf einem Posten als wie zu jedem Ereignis gefaßt. Aber die Herankommenden schien er kaum zu bemerken, er saß wie in tiefen Gedanken versunken, er sah umher wie zerstreut. Die Frau sprach ihn an mit Bitte, das Feuer nicht anzünden zu lassen, er schien jedoch ihrer Rede wenig Aufmerksamkeit zu schenken; sie redete lebhaft fort und rief: Schöner junger Mann, du hast meinen Tiger erschlagen, ich fluche Dir nicht, schone meinen Löwen, guter junger Mann, ich segne Dich.

Honorio schaute grad vor sich hin, dorthin wo die Sonne auf ihrer Bahn sich zu senken begann – Du schaust nach Abend, rief die Frau, du tust wohl daran dort gibt's viel zu tun; eile nur, säume nicht, du wirst überwinden. Aber zuerst überwinde dich selbst. Hierauf schien er zu lächeln, die Frau stieg weiter, konnte sich aber nicht enthalten nach dem Zurückbleibenden nochmals umzublicken; eine rötliche Sonne überschien sein Gesicht, sie glaubte nie einen schönern Jüngling gesehen zu haben.

Wenn Euer Kind, sagte nunmehr der Wärtel, flötend und singend, wie ihr überzeugt seid, den Löwen anlocken und beruhigen kann, so werden wir uns desselben sehr leicht bemeistern, da sich das gewaltige Tier ganz nah an die durchbrochenen Gewölbe hingelagert hat, durch die wir, da das Haupttor verschüttet ist einen Eingang in den Schloßhof gewonnen haben. Lockt ihn das Kind dahinein, so kann ich die Öffnung mit leichter Mühe schließen und der Knabe wenn es ihm gut deucht, durch eine der kleinen Wendeltreppen, die er in der Ecke sieht, dem Tiere entschlüpfen. Wir wollen uns verbergen, aber ich werde mich so stellen, daß meine Kugel jeden Augenblick dem Kinde zu Hülfe kommen kann.

Diese Umstände sind alle nicht nötig, Gott und Kunst, Frömmigkeit und Glück müssen das Beste tun. Es sei, versetzte der Wärtel, aber ich kenne meine Pflichten. Erst führ' ich Euch durch einen beschwerlichen Stieg auf das Gemäuer hinauf, gerade dem Eingang gegenüber den ich erwähnt habe, das Kind mag hinabsteigen, gleichsam in die Arena des Schauspiels und das besänftigte Tier dort hereinlocken. Das geschah; Wärtel und Mutter sahen versteckt von oben herab, wie das Kind die Wendeltreppen hinunter in dem klaren Hofraum sich zeigte, in der düstern Öffnung gegenüber verschwand, aber sogleich seinen Flötenton hören ließ, der sich nach und nach verlor und endlich verstummte. Die Pause war ahnungsvoll genug, den alten mit Gefahr bekannten Jäger beengte der seltene menschliche Fall. Er sagte sich daß er lieber persönlich dem gefährlichen Tiere entgegen ginge; die Mutter jedoch, mit heiterm Gesicht, übergebogen horchend, ließ nicht die mindeste Unruhe bemerken.

Endlich hörte man die Flöte wieder, das Kind trat aus der Höhle hervor mit glänzend befriedigten Augen, der Löwe hinter ihm drein, aber langsam und wie es schien mit einiger Beschwerde. Er zeigte hie und da Lust sich niederzulegen, doch der Knabe führte ihn im Halbkreise durch die wenig entblätterten, buntbelaubten Bäume, bis er sich endlich in den letzten Strahlen der Sonne, die sie durch eine Ruinenlücke hereinsandte, wie verklärt niedersetzte und sein beschwichtigendes Lied abermals begann, dessen Wiederholung wir uns auch nicht entziehen können.

Aus den Gruben, hier im Graben
Hör' ich des Propheten Sang;
Engel schweben ihn zu laben,
Wäre da dem Guten bang?
Löw' und Löwin hin und wieder,
Schmiegen sich um ihn heran;
Ja, die sanften frommen Lieder
Haben's ihnen angetan.

Indessen hatte sich der Löwe ganz knapp an das Kind hingelegt und ihm die schwere rechte Vordertatze auf den Schoß gehoben, die der Knabe fortsingend anmutig streichelte, aber gar bald bemerkte, daß ein scharfer Dornzweig zwischen die Ballen eingestochen war. Sorgfältig zog er die verletzende Spitze hervor, nahm lächelnd sein buntseidenes Halstuch vom Nacken, und verband die greuliche Tatze des Untiers, so daß die Mutter sich vor Freuden mit ausgestreckten Armen zurückbog und vielleicht angewohnter Weise Beifall gerufen und geklatscht hätte wäre sie nicht durch einen derben Faustgriff des Wärtels erinnert worden daß die Gefahr nicht vorüber sei.

Glorreich sang das Kind weiter, nachdem es mit wenigen Tönen vorgespielt hatte:

Denn der Ewige herrscht auf Erden,
Über Meere herrscht sein Blick;

Löwen sollen Lämmer werden,
Und die Welle schwankt zurück.
Blankes Schwert erstarrt im Hiebe,
Glaub' und Hoffnung sind erfüllt;
Wundertätig ist die Liebe,
Die sich im Gebet enthüllt.

Ist es möglich zu denken, daß man in den Zügen eines so grimmigen Geschöpfes, des Tyrannen der Wälder, des Despoten des Tierreiches einen Ausdruck von Freundlichkeit von dankbarer Zufriedenheit, habe spüren können so geschah es hier, und wirklich sah das Kind in seiner Verklärung aus wie ein mächtiger siegreicher Überwinder, jener zwar nicht wie der Überwundene, denn seine Kraft blieb in ihm verborgen, aber doch wie der Gezähmte, wie der dem eigenen friedlichen Willen anheimgegebene. Das Kind flötete und sang so weiter, nach seiner Art die Zeilen verschränkend und neue hinzufügend:

Und so geht mit guten Kindern
Seliger Engel gern zu Rat,
Böses Wollen zu verhindern,
Zu befördern schöne Tat.
So beschwören, fest zu bannen
Liebem Sohn an's zarte Knie
Ihn des Waldes Hochtyrannen
Frommer Sinn und Melodie.

Das Werdende, das ewig wirkt und lebt

Prolog im Himmel
(zu: »Faust. Eine Tragödie«)

Der Herr,
die himmlischen Heerscharen,
nachher Mephistopheles.
Die drei Erzengel treten vor.

RAPHAEL

Die Sonne tönt nach alter Weise
In Brudersphären Wettgesang,
Und ihre vorgeschrieb'ne Reise
Vollendet sie mit Donnergang,
Ihr Anblick gibt den Engeln Stärke,
Wenn keiner sie ergründen mag;
Die unbegreiflich hohen Werke
Sind herrlich wie am ersten Tag.

GABRIEL

Und schnell und unbegreiflich schnelle
Dreht sich umher der Erde Pracht;
Es wechselt Paradieses-Helle
Mit tiefer schauervoller Nacht;
Es schäumt das Meer in breiten Flüssen
Am tiefen Grund der Felsen auf,
Und Fels und Meer wird fortgerissen
In ewig schnellem Sphärenlauf.

MICHAEL

Und Stürme brausen um die Wette,
Vom Meer auf's Land, vom Land auf's Meer,

Und bilden wütend eine Kette
Der tiefsten Wirkung rings umher.
Da flammt ein blitzendes Verheeren
Dem Pfade vor des Donnerschlags;
Doch deine Boten, Herr, verehren
Das sanfte Wandeln deines Tags.

ZU DREI

Der Anblick gibt den Engeln Stärke
Da keiner dich ergründen mag,
Und alle deine hohen Werke
Sind herrlich wie am ersten Tag.

MEPHISTOPHELES

Da du, o Herr, dich einmal wieder nahst
Und fragst wie alles sich bei uns befinde,
Und du mich sonst gewöhnlich gerne sahst:
So siehst du mich auch unter dem Gesinde.
Verzeih, ich kann nicht hohe Worte machen,
Und wenn mich auch der ganze Kreis verhöhnt;
Mein Pathos brächte dich gewiß zum Lachen,
Hätt'st du dir nicht das Lachen abgewöhnt.
Von Sonn' und Welten weiß ich nichts zu sagen,
Ich sehe nur wie sich die Menschen plagen.
Der kleine Gott der Welt bleibt stets von gleichem Schlag,
Und ist so wunderlich als wie am ersten Tag.
Ein wenig besser würd' er leben,
Hätt'st du ihm nicht den Schein des Himmelslichts gegeben;

Er nennt's Vernunft und braucht's allein,
Nur tierischer als jedes Tier zu sein.
Er scheint mir, mit Verlaub von Ew. Gnaden,
Wie eine der langbeinigen Zikaden,
Die immer fliegt und fliegend springt
Und gleich im Gras ihr altes Liedchen singt;
Und läg' er nur noch immer in dem Grase!
In jeden Quark begräbt er seine Nase.

DER HERR

Hast du mir weiter nichts zu sagen?
Kommst du nur immer anzuklagen?
Ist auf der Erde ewig dir nichts recht?

MEPHISTOPHELES

Nein Herr! ich find' es dort, wie immer, herzlich schlecht.
Die Menschen dauern mich in ihren Jammertagen,
Ich mag sogar die armen selbst nicht plagen.

DER HERR

Kennst du den Faust?

MEPHISTOPHELES

Den Doktor?

DER HERR

Meinen Knecht!

MEPHISTOPHELES

Fürwahr! er dient euch auf besondre Weise.
Nicht irdisch ist des Toren Trank noch Speise.
Ihn treibt die Gärung in die Ferne,
Er ist sich seiner Tollheit halb bewußt;

Vom Himmel fordert er die schönsten Sterne,
Und von der Erde jede höchste Lust,
Und alle Näh' und alle Ferne
Befriedigt nicht die tiefbewegte Brust.

DER HERR

Wenn er mir jetzt auch nur verworren dient:
So werd' ich ihn bald in die Klarheit führen.
Weiß doch der Gärtner, wenn das Bäumchen grünt,
Daß Blüt' und Frucht die künft'gen Jahre zieren.

MEPHISTOPHELES

Was wettet ihr? den sollt ihr noch verlieren,
Wenn ihr mir die Erlaubnis gebt
Ihn meine Straße sacht zu führen!

DER HERR

So lang' er auf der Erde lebt,
So lange sei dir's nicht verboten.
Es irrt der Mensch so lang' er strebt.

MEPHISTOPHELES

Da dank' ich euch; denn mit den Toten
Hab' ich mich niemals gern befangen.
Am meisten lieb' ich mir die vollen frischen Wangen.
Für einen Leichnam bin ich nicht zu Haus;
Mir geht es wie der Katze mit der Maus.

DER HERR

Nun gut, es sei dir überlassen!
Zieh diesen Geist von seinem Urquell ab,

Und führ' ihn, kannst du ihn erfassen,
Auf deinem Wege mit herab,
Und steh' beschämt, wenn du bekennen mußt:
Ein guter Mensch in seinem dunkeln Drange
Ist sich des rechten Weges wohl bewußt.

MEPHISTOPHELES

Schon gut! nur dauert es nicht lange.
Mir ist für meine Wette gar nicht bange.
Wenn ich zu meinem Zwecke gelange,
Erlaubt ihr mir Triumph aus voller Brust.
Staub soll er fressen, und mit Lust,
Wie meine Muhme, die berühmte Schlange.

DER HERR

Du darfst auch da nur frei erscheinen;
Ich habe deines gleichen nie gehaßt.
Von allen Geistern die verneinen
Ist mir der Schalk am wenigsten zur Last.
Des Menschen Tätigkeit kann allzuleicht erschlaffen,
Er liebt sich bald die unbedingte Ruh;
Drum geb' ich gern ihm den Gesellen zu,
Der reizt und wirkt, und muß, als Teufel, schaffen.
Doch ihr, die echten Göttersöhne,
Erfreut euch der lebendig reichen Schöne!
Das Werdende, das ewig wirkt und lebt,
Umfass' euch mit der Liebe holden Schranken,
Und was in schwankender Erscheinung schwebt,

Befestigt mit dauernden Gedanken.
Der Himmel schließt, die Erzengel verteilen sich.
MEPHISTOPHELES *allein*
Von Zeit zu Zeit seh' ich den Alten gern,
Und hüte mich mit ihm zu brechen.
Es ist gar hübsch von einem großen Herrn,
So menschlich mit dem Teufel selbst zu sprechen.

Erläuterungen

Bei der Auswahl der Gedichte Goethes wurde der große Komplex der Liebesgedichte, der bereits im Insel Clip 11, in dem von Karl Eibl herausgegebenen Bändchen »Goethe. Ob ich dich liebe weiß ich nicht« repräsentiert ist, nicht berücksichtigt. Aufgenommen sind lediglich, unter dem Obertitel »Wunderliches Buch der Liebe«, einige volksliedhaft-balladeske Gedichte, deren größerer Teil sich dort den Themenkreisen nicht zuordnen ließ.

Die Anfangsgruppe, »Lösest meine Seele ganz«, faßt Beispiele der Naturlyrik zusammen. Goethes Hinwendung zur Natur hat sich entschieden von der Schwärmerei der Empfindsamkeitsepoche emanzipiert. Sie kann Ausbruch aus den Zwängen der gesellschaftlichen Konventionen sein, Antwort auf die Erfahrung eines Bruchs zwischen Ich und Welt, Suche nach Befreiung aus seelischer Verstörung. Den Zwiespalt zwischen Natur und Ich, der Werthers Naturerlebnis im zweiten Teil des Romans »Die Leiden des jungen Werthers« beherrscht, kennen diese Gedichte nicht. Die Natur gewährt Schutz, Sänftigung, Linderung, auch Geborgenheit; sie hat eine den Menschen regenerierende Kraft. Der heutige Leser wird sich aber bewußt halten, daß Natur längst nicht mehr nur eine schützende, sondern auch selbst schutzbedürftige Natur ist.

Es hat nichts mit dem Nützlichkeitsdenken einer hausbackenen Aufklärung und einer pedantischen Lehrdichtung zu tun, wenn sich in Goethes Dichtungen, wie etwa im »Schatzgräber«, Gleichnisse für eine Kunst des Lebens finden. Den Satz des antiken Philosophen Heraklit, daß man nicht zweimal in denselben Fluß steige, variiert Goethe im Gedicht »Dauer im Wechsel«, doch der Klage über Vergänglichkeit, unaufhörlichen Wandel und immer neuen Verlust setzt er den Willen entgegen, im schöpferischen Akt dem Fliehenden Dauer zu geben.

Daß aber das Festhalten des Augenblicks und seine Verewigung nicht mit statischem Beharren zu verwechseln sind, daran erinnert das erste Gedicht der Gruppe »Stirb und werde!«, ein Gedicht aus Goethes großer Liebesdichtung, der Sammlung »West-östlicher Divan«. Die Gedichte »Eins und alles« und »Vermächtnis« heben das Wechselverhältnis von Vergehen und Dauer noch einmal auf eine höhere Ebene. Fast antithetisch stehen sich das Ende des einen und der Anfang des anderen Gedichts (»Denn alles muß in Nichts zerfallen, / Wenn es im Sein beharren will« und »Kein Wesen kann zu nichts zerfallen«), stehen sich der Drang nach Entgrenzung und der nach Sammlung und Festigung des Selbst im Gegenwärtigen gegenüber – Beispiele für die Polarität in Goethes Erleben, Denken und Gestalten.

Sprüche in Versen

Goethes Spruchdichtungen, seine Sprüche in Versen, sind im wesentlichen Altersdichtung und erscheinen zum erstenmal gesammelt in der Ausgabe der »Werke« von 1815. Nicht zufällig wählt Goethe für sie den Knittelvers, den freien Viertakter, dessen Vorform er in der volkstümlichen Dichtung des 16. Jahrhunderts fand. Man merkt den Sprüchen noch das Wohlgefallen an, das die Lektüre deutscher Sprichwörter-Sammlungen bei ihm ausgelöst hat. Die Sprüche sind ein Seitenstück zu seinen volksliedhaften Gedichten, kleine poetische Münzen, geprägt aus heiterer Lebensklugheit.

Sprüche in Prosa

Für die Sammlung von Goethes Sprüchen in Prosa hatte sich seit Anfang unseres Jahrhunderts der Titel »Maximen und Reflexionen« eingebürgert. Tatsächlich hat aber Goethe selbst den Gesamtbestand der Prosasprüche nie unter diesem Begriff zusammengefaßt. Zur Veröffentlichung gebracht hat er nur etwa 800 Einzeltexte, und zwar im Roman »Die Wahlverwandtschaften« (1809), im zweiten Band der »Farbenlehre« (1810), im Roman »Wilhelm Meisters Wanderjahre« (1829) und in einigen Zeitschriften. Weitere Aphorismen, Maximen und Reflexionen wurden aus dem Nachlaß herausgegeben. Eckermann und Riemer wählten für die Ausgabe von 1840 den Titel »Sprüche in Prosa«; ihm folgt die Ausgabe des Deutschen Klassiker Verlages. Die Sprüche in Prosa pointieren Grunderkenntnisse Goethes zu Religion und Ethik, zu Natur und Geschichte, zu Gesellschaft und Kunst, zu Denken und Handeln. Sie sind ein bedeutender Beitrag zur aphoristischen Weltliteratur. Unsere kleine Auswahl gruppiert, wie auch die Auswahl der »Sprüche in Versen«, die Texte nach Gesichtspunkten, wie die notwendig beschränkte Anzahl der Beispiele sie anbot.

Erzählungen

Wer Auszüge aus einem Roman bietet, reißt immer einen Erzählabschnitt aus einem Netz von Bezügen. Anders verhält es sich mit Einlagen, die sich als selbständige Teile aus dem Romangeschehen ausgrenzen, an ihrer besonderen Gattungsbezeichnung kenntlich sind oder nur in gleichnishafter Beziehung zur Romanhandlung stehen. Das ist der Fall bei der Novelle »Die wunderlichen Nachbarskinder« im Roman »Die Wahlverwandtschaften«.

Die Novelle von den wunderlichen Nachbarskindern steht mit ihrem Ausgang in einem Gegensatz zur tragischen Sphäre des Romans »Die Wahlverwandtschaften«. Angelpunkt der Novelle ist – wie im Roman – eine Katastrophe, doch enthüllt sich diese Katastrophe hier als wunderbare Begebenheit, die eine glückliche Wendung herbeiführt.

Der Erzähltext, dem der Gattungsname den Titel gab, »Novelle« (1828), ist aus dem Plan eines Epos mit dem Titel »Die Jagd« hervorgegangen. Goethe selbst hat im Gespräch mit Eckermann am 18. Januar 1827 die Grundidee der Novelle so erläutert: »Zu zeigen, wie das Unbändige, Unüberwindliche oft besser durch Liebe und Frömmigkeit als durch Gewalt bezwungen werde, war die Aufgabe dieser Novelle, und dieses schöne Ziel, welches sich im Kinde und Löwen darstellt, reizte mich zur Ausführung.« Es ist aber auch die überwältigende Macht der Musik, die hier das Zerstörerische und Chaotische bändigt.

Prolog im Himmel

Dieser Prolog zur »Faust«-Tragödie muß hier das einzige Zeugnis aus Goethes dramatischem Schaffen bleiben. Problematischer noch als beim Roman wäre es beim Drama, Teilstücke (Szenen) aus ihren Verflechtungen herauszubrechen. Der mit der »Zueignung« und dem »Vorspiel auf dem Theater« vorangestellte »Prolog im Himmel« deutet mit dem Wechselgesang der Erzengel auf die Sphärenharmonie und damit auf eine übergreifende Weltharmonik und gibt, in Mephistos Wette mit dem Herrn, den Umriß und Rahmen der Dramenhandlung vor, den Versuch Mephistos, Faust auf seine »Straße« hinabzuziehen. Der »Prolog im Himmel« signalisiert die Spannung, in der in diesem großen Weltspiel der immer strebende und immer wieder irrende Mensch steht, der sich dennoch »in seinem dunklen Drange« des »rechten Weges wohl bewußt« ist. – Doch kann der Abdruck des »Prologs« zum »Faust« nicht mehr geben als den Anstoß zur Lektüre dieser vielstimmigsten, in ihrer Form- und Sinnfülle einzigartigen Dichtung der deutschen Literatur.

Zur Textgestalt

Textgrundlage bilden die Bände der Frankfurter Ausgabe der Werke Goethes im Deutschen Klassiker Verlag, auf deren ausführliche Kommentare – auch was Orthographie und Zeichensetzung betrifft – verwiesen sei. Liegen (wie bei einigen Gedichten) mehrere Fassungen vor, fiel die Entscheidung zugunsten der zuletzt autorisierten.

Die Zwischentitel stammen vom Herausgeber. Vom Herausgeber formulierte Titel von Erzähltexten sind in Anführungszeichen gesetzt. Folgende Bände der Ausgabe im Deutschen Klassiker Verlag liegen den Texten zugrunde:

Gedichte

I. Abt., Bd. 1 und 2: Gedichte 1756-1799, 1800-1832, hrsg. v. Karl Eibl; Bd. 3: West-östlicher Divan, hrsg. v. Hendrik Birus.

Sprüche in Versen

Gedichte 1800-1832.

Sprüche in Prosa

I. Abt. Bd. 13: Sprüche in Prosa. Sämtliche Maximen und Reflexionen, hrsg. v. Harald Fricke.

Erzählungen

Die wunderlichen Nachbarskinder, Novelle: I. Abt., Bd. 8: Die Leiden des jungen Werthers. Die Wahlverwandtschaften. Kleine Prosa. Epen, hrsg. von Waltraud Wiethölter in Zusammenarbeit mit Christoph Brecht (Die Wahlverwandtschaften II. Teil, 10. Kapitel).

Novelle: I. Abt., Bd. 8.

Prolog im Himmel: I. Abt., Bd. 7/I: Faust. Texte, hrsg. v. Albrecht Schöne.

Im Abschnitt »Sprüche in Prosa« wurde gegenüber der Ausgabe des Deutschen Klassiker Verlags die Orthographie modernisiert; die Zeichensetzung blieb mit wenigen Ausnahmen beibehalten. Der Abdruck erfolgt mit freundlicher Genehmigung des Deutschen Klassiker Verlags Frankfurt am Main.

Inhalt

Am Sein erhalte dich beglückt!: Gedichte

Wenn dir's in Kopf und Herzen schwirrt:
Sprüche in Versen

Eigenschaften kultivieren, nicht Eigenheiten:
Sprüche in Prosa

Unerhörte Begebenheiten:
Erzählungen

Das Werdende, das ewig wirkt und lebt

Erläuterungen

Zu dieser Ausgabe

insel taschenbuch 2675: Goethe für Gestreßte. Der Text folgt in leicht gekürzter Form der Ausgabe: Goethe für Gestreßte. Ausgewählte Texte. Herausgegeben von Walter Hinck. Insel Verlag Frankfurt am Main und Leipzig 1995 (Insel-Clip 18).